언젠가 함께 파리Paris에 가자

언젠가 함께 파리에 가자

펴낸날 | 2010년 11월 15일 초판 1쇄

지은이 | 츠지 히토나리
옮긴이 | 안소현
펴낸이 | 이태권
펴낸곳 | (주)태일소담
서울시 성북구 성북동 178-2 (우)136-020
전화 | 745-8566~7 팩스 | 747-3238
e-mail | sodam@dreamsodam.co.kr
등록번호 | 제2-42호(1979년 11월 14일)
홈페이지 | www.dreamsodam.co.kr

ISBN 978-89-7381-618-7 03830

• 책값은 뒤표지에 있습니다.
• 잘못된 책은 구입하신 곳에서 교환해드립니다.

언젠가 함께 파리에 가자

Paris

츠지 히토나리 지음
안소현 옮김

소담출판사

인사말

먼저 여기를 읽기 바란다.

어쨌든 파리에 가고 싶다. 지금 당장 무슨 일이 있더라도 가고 싶다. 그런데 가장 중요한 돈이 없다. 시간도 없다. 함께 가줄 애인도 아직 없다. 이렇듯 다양한 이유로 지금 당장 출발할 수 없는 사람이 많이 있다. 하지만 언젠가는 파리에 가고 싶다는 생각은 변함이 없을 터이다.

1년 반 동안 취재하고 써온 이 책. '언젠가 꼭 파리에 가겠다'고 생각하는 모든 사람에게 선사하는 한 권이다.

딱딱한 내용은 빼고, 내가 여기서 생활하면서 느끼고 생각하고 터득한 잡다한 지식과 생활방식, 별건 아니지만 아직 아무에게도 가르쳐주지 않았던 파리의 비밀 정보까지 남김없이 수록했다.

언젠가 파리에 가고 싶어 하는 당신의 마음을 응원하는 한 권이다.

게다가 길잡이 역할까지 하고 있다. 하지만 다른 가이드북처럼 정보만 잔뜩 실은 것은 절대 아니다. 정보보다는 그곳에 다다르는 여정과 방법, 사고방식이 중요하기 때문에…….

일본을 떠날 때 우리는 가지각색의 가이드북을 뒤적거렸다. 정말로 요긴하고 유익했다. 하지만 내가 실제로 생활해 본 후 좀 더 여러 가지 사실을 느끼고, 깨닫게 되었다. 실제로 사는 것과는 전혀 다르다. 파리에 가고 싶다는 생각과 실제로 사는 것 사이에는 커다란 차이가 있었다. 파리의 겉모습은 물론 이 거리의 아름다움과 자유로움의 이면을 발견한다면 이 여행은 갑절은 재밌어진다.

모처럼 가는 여행이다. 프랑스에서 뭔가를 배우기 바란다. 프랑스 사람의 기묘한 습성을 자신과 비교하며 엉겁결에 웃어버리는 일도 있을 것이다. 두 나라의 사고방식 차이를 파헤

치면서 나 자신의 가치관도 변했다. 그 덕분에 패션에서 요리에 이르기까지 왜 파리가 재미있는지 새삼 깨닫게 되었고, 한 시대를 풍미하는 유행의 정수도 배울 수 있었다. 누구에게도 뒤지지 않는 파리를 사랑하는 마음을 여기에 듬뿍 쏟아놓을 작정이다.

잡지에서 기획하는 파리 여행과는 완전히 차별화된, 정말로 정말로 파리에 가고 싶어서 어쩔 줄 몰라 하는 사람들을 위한 한 권이라고 말하고 싶다.

어쨌든 파리에 가자. 지금 당장 파리에 가자. 가능하면 함께 가자.

이 책은 당신을 파리로 인도하는 비밀 가이드북이다. 이 책을 다 읽고 당신이 더욱 간절하게 파리에 가고 싶다고 생각하기를 마음속으로 빌면서…….

자, 이제 비밀 여행이 시작된다…….

파리, 2004년 크리스마스Noël의 계절에

반짝이는 에펠탑을 쳐다보면서

차례

왜냐하면 여긴 프랑스니까

아등바등 살아온 나는,

파리에서 인생의 커다란 전환기를 맞이하게 되었다.

생활의 냄새에 찌든 사건과 맞닥뜨릴 때마다,

나는 발길을 멈추고

똑똑히 상대를, 나 자신을, 생각하게 되었다.

파리는 왜 이다지도 전 세계 사람들의 마음을 매료시키는 걸까?

역사적인 건물이 즐비한 그 아름다움 때문에?

세계적으로 이름난 프랑스 요리의 조화?

패션 유행의 발상지라서?

미술품의 보고라서?

전 세계의 많은 작가들과 예술가들은 프랑스에서 살며 많은 작품을 탄생시켰다. 그들을 열광시킨 것이 무엇인지, 또 그 본질이 무엇인지에 대해 지금까지는 제대로 생각해본 적이 없었다.

그리고 나는 지금 여기 프랑스 땅에 와 있다. 파리에 둥지를 틀고 가족과 새로운 인생을 걷기 시작했다.

친한 친구들이 왜 하필 파리냐고 묻는다. 몇 가지 이유를 들 수는 있지만 말로 어설프게 표현하는 건 피하고 싶다. 파리의 심오한 본질과 매력을 한마디로 이야기하는 건 도저히 불가능하기 때문이다.

그렇다면 이 도시를 분주히 돌아다녀 그 본질을 가려내고 내가 가진 모든 말들을 총동원해서 그 이유를 이 신변잡기 속에 확실히 밝히는 건 어떨까.

해 질 무렵, 나는 나의 그림자와 동행해 키가 큰 마로니에 나무 사이를 누비며 센 강을 따라 걷는다. 역사적인 건조물에 석양이 반사되고 돌벽은 술에 취한 귀부인처럼 아련히 붉게 물든다. 예술의 다리pont des arts 위에서 기타를 치며 인생의 비애를 노래하는 가수. 연인들은 거리낌 없이 입맞춤을 나누고 여행 중인 노부부들은 저물어가는 태양을 하염없이 바라보고 있다.

시간의 무상함을 잊기 위해 파리의 아름다운 풍경은 존재하는 듯하다. 정말로 도시 전체가 망각 장치와 같다.

샤요 궁Palais De Chaillot에서 별하늘에 박힌 에펠탑을 쳐다보고, 황금색으로 반짝이는 샹젤리제를 정처 없이 걷기만 해도, 누구나 가혹한 인생의 국면에서 본래의 인간적인 미의식을 되찾고 피폐한 정신을 정화할 수 있다.

파리라는 거리 자체가 하나의 천국이고 테마파크이며 예술품이다.

하지만 파리가 자랑하는 건 그 아름다움뿐만은 아니다. 프랑스는 자유의 발상지로 이름 높다는 사실을 잊어서는 안 된다. 뉴욕에 있는 '자유의 여신상'의 원조는 지금도 뤽상부르 공원 한구석에 서 있다. 사랑과 자유와 아름다움이 고루 갖춰져야 마침내 파리는 전 세계 사람들이 동경하는 대상이 된다.

자유가 사라졌을 때 비로소 우리는 자유를 깨닫는다. 자유는 값을 매길 수 없기에 그 위대함을 깨닫지 못하는 사람이 압

도적으로 많다.

하지만 일단 자유의 희소가치를 알게 되면 자유만큼 손에 넣기 어려운 게 없다는 사실을 깨닫는다. 과연 우리는 진정 자유로운가?

파리는 성숙한 어른의 거리이다. 카페에서 일하는 웨이터도 어른의 거리에 걸맞게 나이 지긋한 사람들이 많다. 농담을 잘하고 기민하게 이리저리 움직이는 웨이터에게서 프랑스 문화를 느낀다.

카페는 어른들의 휴식 장소이다. 아이들은 송구스럽다는 듯 구석에 떼 지어 있다. 어디까지나 어른이 중심이다.

일본에서는 다 큰 어른이 사람들 코앞에서 마주 보며 서로 손을 잡고 거침없이 사랑을 속삭이는 광경을 마주치는 일이 거의 없다. 길거리는 젊은이들이 점거하고 어른들은 집에서 얌전하게 텔레비전을 보고 있다.

어른이야말로 밤에 늦게 자야 한다고 나는 늘 생각해왔다. 파리의 저녁 식사는 8시 30분쯤 시작되며 모두 밤늦게까지 여가를 즐기고 있다. 도대체 언제 자는 걸까, 하는 생각이 들 정도로 밤거리는 어른의 낙원으로 둔갑한다. 인생을 만끽하는 그들은 얼마나 잘 노는지 모른다. 그리고 무엇보다 멋진 건 나이가 들어도 여성스러움을 잃지 않는 여성들이 많다는 점이다.

자유는 일단, 타인을 신경 쓰지 않고 자신의 인생을 살아가는 것이다. 파리 사람들은 타인을 신경 쓰지 않는다. 그래서 가십도 무성하지 않다.

레스토랑에서 카트린느 드뇌브를 발견해도 그녀에게 우르르 몰려드는 사람들은 볼 수 없다.

재미있는 일화가 있다. 미테랑 대통령에게는 애인이 있다. 어떤 기자가 그 사실을 공식 석상에서 추궁했다. 그런데 미테랑은 태연한 얼굴로 이렇게 되받아쳤다. "에 알로르Et alors(그게 어때서)?"

이런 기지esprit에 프랑스 사람은 박수를 보낸다. 불륜이 사회적으로 옳다고 할 수는 없지만 그것은 당사자가 서로 이야기해서 해결해야 하는, 어디까지나 개인적인 문제다. 국민에게는 무엇보다도 대통령의 역량이 중요하다. 기지로 어려운 상황을 모면한 미테랑의 기량이 돋보인다. 클린턴은 정치가로서 뛰어났지만 기지가 부족했다. 결국 미국인들은 사회 통념을 선택했고 이렇게 부시 정권이 탄생했다. 그런 판단 실수야말로 미국의 경기를 후퇴시킨 원인이 아닐까.

어떤 지위에 있든 거기에는 지켜야 할 개인의 자유가 있다. 프랑스 사람은 타인의 자유를 강하게 존중하는 전통을 지니고 있다. 개인주의를 탄생시킨 프랑스이기에 가능한 사고방식이다. 이라크 공격에 제일 먼저 반대했던, 정치와 문화에 해박한 시라크 대통령의 기지 역시 마찬가지로 해석된다.

일본과 프랑스, 두 나라의 문화와 역사관의 차이를 비교하는 것은 의미 있는 일이다. 문화의 차이를 배우는 것은 일본인의 좋은 점과 부족함을 다시 바라보는 기회이기도 하고, 거기에는 분명 국제화 시대를 살아나가는 힌트가 숨겨져 있다.

관광객으로서가 아닌 생활인으로서 파리에서 살다 보니 여러 가지 사실이 눈에 들어온다.

어떤 곳에서 산다는 것은 바라보기만 하는 관광과는 다르다. 가스 밸브를 틀고, 물건을 사고, 쓰레기를 내놓고, 벽 색깔이 마음에 들지 않으면 페인트를 칠하고, 어디어디 마트가 상품 가짓수가 더 많다고 갈등하고, 또 휴대전화 기종을 고민하거나 복잡한 버스 노선에 갈피를 못 잡거나 시청의 행렬에 줄을 서는 것이다.

앞서 말했듯 자유에 대해서는 아쉬움이 없는 나라다. 하지만 좋은 점만 있는 건 아니다. 일본의 대중매체가 전해주지 않는 위험도 당연히 이곳에는 도사리고 있다. 이해하기 어려운 일도 많이 일어난다.

일본에서는 대수롭지 않은 일이 프랑스에서는 굉장히 시간이 걸리는 귀찮은 일로 변하는 경우도 있다.

배달되기로 한 날짜에 가구가 도착하지 않는 일은 비일비재하게 벌어진다. 만약 때가 여름이라면 바캉스 때문에 가을까지 도착하지 않을 수도 있다. 실제로 늦봄에 부탁한 가구가 늦가을까지 도착하지 않았던 경험도 있다. 당연히 불평은 하지만 포기하는 수밖에는 달리 어쩔 도리가 없다.

이런 일도 있었다. 서점에서 무심코 책꽂이를 바라보고 있는데 내 이름이 새겨진 갈리마르사의 낯선 문고판이 눈에 들어왔다. 놀랍게도 그 책은 졸저 『해협의 빛』이었다. 요컨대 저자에게 연락도 없이 마음대로 문고판을 만들었던 것이다.

노동시간을 주 35시간으로 정해놓았기 때문에 프랑스 사람들은 점점 더 일하지 않게 되었다. 일중독인 내가 보기에는 뭐 이런 말도 안 되는 게으름뱅이 나라가 다 있나 하는 생각이 든다.

바캉스는 긴 경우 무려 한 달이나 된다. 게다가 프랑스 사람들은 걸핏하면 파업을 한다. 전철이나 버스뿐 아니라 놀랍게도 산부인과 간호사들도 파업을 한다.

시위대의 가두행진으로 교통도 마비된다. 프랑스 사람들은 데모에 익숙해져서 어쩔 수 없는 일이라고 받아들인다. 자신들이 같은 상황이 될 수도 있기 때문에 피장파장이라는 뜻이다.

그들은 "탕피Tant pis(어쩔 수 없다)."라는 말을 쓴다. 그러면 나는 "왜냐하면 여긴 프랑스니까." 하고 중얼거리고 어깨를 움츠리며 웃음 지을 뿐이다. 한시라도 빨리 익숙해지는 수밖에 없다.

도쿄의 편리함과 정확함, 극진한 서비스가 떠오른다. 내가 사는 집은 19세기 건물인데 에어컨이 없다. 아니, 파리 건물에는 대부분 에어컨이 없다. 더울 때는 차양을 친다. 그러면 돌로 만든 집은 바로 동굴이 된다. 요컨대 빛을 차단해서 기온을 낮추는 것이다.

버튼 하나로 뭐든지 할 수 있는 일본의 전자동 생활에 익숙한 나에게는 놀라움의 연속이었다. 수고스럽고 귀찮지만 골동품 자동차를 소중히 몰고 다니는 프랑스 사람의 모습이 사랑스럽게 느껴지기까지 한다. 그걸 인간적이라고 해야 할지,

단순히 불편하다고 결론 내릴지는 사람마다 다를 것이다.

아등바등 살아온 나는, 파리에서 인생의 커다란 전환기를 맞이하게 되었다. 생활의 냄새에 찌든 사건과 맞닥뜨릴 때마다, 나는 발길을 멈추고 똑똑히 상대를, 나 자신을, 생각하게 되었다.

버튼 하나로 해결할 수 없는 나라이기 때문에 오히려 이곳에는 무한한 방법이 있다는 걸 배웠다.

일등을 목표로 삼는 것이 아니라 인생의 주인공이 되는 것을 목표로 삼는 나라. 조심스러워하지 말라는 말이 존중받고, 벼락부자는 좋아하지 않는다. 부자들도 의외로 검소하게 살아간다.

프랑스 사람은 생각한다. 일개미로 일생을 마칠 것인가, 인생을 만끽하고 죽을 것인가.

모든 사람이 성공하는 게 불가능한 이 세계에서 누구나 우아하고 행복하게 살아가려면 어느 정도의 폐해는 어쩔 수 없다고 말하는 게 프랑스의 개인주의다.

여름에는 어느 집이나 다 오랫동안 여행을 떠난다. 파리에서 사람들이 싹 사라진다. 가게는 대부분 문을 닫는다. 남은 사람으로서는 정말 불편하기 짝이 없다. 일본의 황금연휴가 여름 내내 이어진다고 생각하면 된다. 그 정열이 무시무시하다.

주 35시간밖에 일하지 않고, 여름에는 한 달 정도나 태연히 쉬는 프랑스인을 일본인이 부러워하는 건 당연하리라.

거기에는 철저한 '개인주의' 전통과 '인생은 즐기는 것이다'라는 확고한 신념이 있다. 모든 사람이 바캉스 철에 쉰다면 회사와 국가도 따르지 않을 수 없다.

결국 바캉스가 끝난 뒤에 온 배관공은 "우리는 노는 걸 굉장히 좋아하거든요." 하며 웃었다. 그사이에 수도꼭지에서 물방울이 계속 똑똑 떨어졌는데 말이다.

그런 그들이기에 주말도 허투루 보내지 않는다. 어쨌든 여러 이벤트가 많다.

참고로 오늘은 다음 날 아침까지 파리 전체의 미술관을 열어두는 '뉘 블랑슈Nuit Blanche(잠 못 드는 밤)'이다. 새벽 4시에 미술관에서 로댕을 감상할 수 있다. 굉장하다!

'음악 축제'가 있을 때는 아침까지 연주회가 열린다. '게이 퍼레이드'와 '테크노 퍼레이드'를 하면 큰길이 대형 음향기기를 갖춘 디스코텍으로 돌변하고 '영화의 날' 역시 아침까지 영화관 문을 연다. 아무튼 매주 어딘가에서 뭔가가 열리는 느낌이다.

모든 사람이 참여하는 일에는 신기하게도 불평불만이 나오지 않는다. 사소한 일로 경찰을 부르는 그들이지만 공공행사를 할 때는 잠자코 있다. 프랑스 사람은 즐기는 것에 대해서는 참으로 천재적이랄까. 아무튼 진지하게 한다.

생활도 어느 정도 익숙해지고 재밌어졌다. 인생은 늘 즐기며 사는 사람을 응원하는 경향이 있다. 그렇다면 즐기지 않는 쪽이 손해다. 그 앞에 무엇이 기다리고 있을지 벌써부터 기대가 된다.

지면도 다했다. 오늘 밤은 길어질 듯하다. 어서 나갈 준비를 하자. 일단 단골 카페에서 와인이라도 한 잔 해야겠다. 아직 바깥은 환하지만 아무 상관 없다.

왜냐하면 여긴 프랑스니까.

역시 센강
파리의 중심을
가로지르는 강
우안과 좌안 사이
생명을 주는 강
사람들은 이 강의 혜택 안에서
사랑과 자유를 누리며
살아간다.
여름의 햇빛에
반짝이는 센강
나는 너를.

한 번도 올라간
적이 없다.
도쿄타워와 에펠탑,
무엇이 다른가 하면
철골의 숫자와
일루미네이션.
도쿄타워도
좋아하지만
에펠탑은
더 좋아한다!!
하지만 죽기 전에
올라가볼 수
있을까.
la Tour Eiffel 2005

파리를 싹 먹어치우자

바게트는 그저 빵에 지나지 않지만
파리에서는 인생의 지팡이다.
정말로 바게트는 거리와 사람을 이어주는 마법의 지팡이다.

파리는 맛있는 음식의 보고다. 레스토랑, 비스트로bistro, 초콜릿 가게, 케이크 가게, 카페, 크레프리Creperie, 기타 등등. 파리 안에는 맛있는 음식점이 그득하다. 숨겨진 맛집투성이라고 해도 과언이 아니다. 서민적인 레스토랑부터 캐비아만을 취급하는 최고급 레스토랑까지 그 폭도 다양하다. 프랑스 요리만 해도 남프랑스 요리도 있지만 야생동물 요리gibier, 지중해 요리, 전통 프랑스식 요리, 별이 세 개 붙은 레스토랑까지 갖가지 종류가 있다. 여기에 온 세상의 요리, 식문화가 뒤섞여 일일이 헤아릴 수 없을 정도다.

내가 살고 있는 집 주변만 해도 다 가볼 수 없을 정도로 레스토랑이 밀집해 있다. 먹으러 돌아다니기만 해도 값싸게 세계 일주를 한 듯한 기분이 든다. 반면 그만큼 경쟁도 극심하기 때문에 지난달엔 생선 요리 전문점이었던 곳이 외출해보면 이탈리안 레스토랑으로 새로 단장한 경우도 적지 않다. 인기가 있는 레스토랑이라도 사소한 일로 금세 망하고 바뀐다. 물론 반대로 19세기에 창업한 레스토랑도 쌔고 쌨다.

저녁 식사는 보통 8시 30분 정도에 시작되고, 매일 밤 12시 전후까지는 어느 레스토랑이든 북적거린다. 아침 식사도 일찌감치 먹는데, 도대체 언제 자는 걸까 걱정될 정도로 그들은 먹는 데 온 정력을 기울인다. 그런데도 프랑스 아주머니와 아저씨는 미국인처럼 살이 찌지 않았다. 이건 정말 수수께끼다. 슬로푸드가 몸에도 좋다는 증거일까.

맛있는 레스토랑을 찾는 비결에 대해서.

가이드북은 어디까지나 참고만 하는 것이 좋다. 맛은 사람마다 다르게 느끼기 때문에 다들 노리는 레스토랑이 아닌 자신만의 레스토랑을 찾아야 한다. 돌아다니면서 뜻밖의 발견을 하기에 파리는 적당한 크기의 도시다.

어쨌든 맛있는 레스토랑을 찾는 비결은 단 하나, 걷는 것이다. 일단 걷는다. 그리고 걷고, 또 걷는다. 걸어라! 택시 같은 교통수단으로 이동하는 건 아깝다. 다니다 보면 뜻밖의 행운을 만날 수도 있으니 파리에서는 오로지 걷는 게 최고다.

다음으로 레스토랑의 외관을 확인한다. 감각은 겉으로 드러난다는 지론이 있어서 의식의 끝에 걸린 레스토랑은 일단 먼저 잠시 살펴본다. 창문은 깨끗하게 닦았는지, 테이블보와 유리잔은 어떻게 배치했는지 세심하게 점검한다. 종업원의 응대만으로도 레스토랑의 격을 알 수 있다. 물론 미슐랭 가이드Michelin Guide와 고 미요Gault & Millau 등의 가이드북에 축적된 지식과 점수는 참고가 된다. 하지만 조심해야 한다. 만약에 별이 두 개 붙었다고 해도 그 두 개에는 여러 가지 의미가 있기 때문이다. 이를테면, 사실은 별 하나를 빼고 싶지만 전통 등을 배려해서 뺄 수 없는 레스토랑도 그중에는 있는 모양이다.

음, 하지만 맛있는 레스토랑은 기본적으로 모든 면에서 뛰어난 감각을 가지고 있다. 맛있는 레스토랑은 배려, 안정감,

독특한 멋, 쾌적함을 전부 갖추고 있다. 자연스럽지만 품위 있고 우아함이 배어나오는 것을 감각이 좋다고 한다. 잘 보면 알 수 있다. 배어나오는 것이야말로 진짜다.

다음으로 손님층을 확인한다. 당연히 외부에서 엿보는 수준이지만 정 어색하다면 길이라도 물어보는 척하며 잠깐 안으로 들어가는 방법도 있다. 대응만으로도 판단의 실마리를 잡을 수 있다. 맛있는 레스토랑은 접대하는 쪽에서도 자신감이 넘치므로 대접에도 여유가 있다.

그 지역 사람들로 발 디딜 틈이 없는 레스토랑은 맛있는 곳일 가능성이 높다. 관광객 수는 적지만 화기애애한 분위기가 느껴지고, 또 좌석이 거의 다 찬 레스토랑은 기대를 벗어나지 않는다. 레스토랑 외부에 메뉴가 붙은 경우에는 가격을 확인한다. 너무 싸도 오히려 문제가 있다. 조금 비싼 가격이더라도 손님이 가득 찬 곳을 노린다. 자신감이 있기 때문에 다른 레스토랑에 비해 약간 비싼 가격을 책정했을 터이고, 더구나 토박이 손님이 가득 찼다는 것은 요컨대 맛이 좋다는 증거이다. 관광지에 있고 영어가 많이 들리는 레스토랑은 주의해야 한다.

프랑스에 있는 레스토랑은 20만 곳 정도. 그 최고봉은 별 세 개짜리 레스토랑이다. 프랑스 전체에 이십여 개가 존재한다.

세상을 엿본다는 의미에서도 한 번쯤은 정장 차림으로 그 곳에 가보는 것이 좋을 것이다.

졸저 『지금 이 순간 사랑한다는 것』은 이 별 세 개짜리 레스토랑을 둘러싼 이야기다. 나는 별이 세 개 붙은 레스토랑 셰프들의 요리 철학을 배우면서 그 심오함에 몇 번이나 감동하고 흥분했다. 소설을 쓰기 위해 실제로 별 세 개짜리 레스토랑 셰프에게 요리를 배우고, 일류 레스토랑의 주방을 들여다보는 굉장한 경험을 했다. 별 하나가 떨어질 처지에 놓이자 자살한 셰프가 나올 정도로 프랑스인에게 별은 영광의 증거이고 그 의미는 막중하다. 그들에게 슈퍼 셰프는 축구 선수나 대통령에 버금가는 스타다.

별 세 개짜리 레스토랑과 별 한 개짜리 레스토랑에서 음식을 먹고 비교하는 것도 재미있을지 모른다. 의욕이 넘치는 별 한 개짜리 레스토랑이 때로는 전통 있는 별 세 개짜리 레스토랑을 능가할 때도 있다.

어차피 파리는, 놀라지 마라, 도쿄의 야마노테 선 안쪽 정도의 크기밖에 안 된다. 걸어 다닐 마음만 있다면 얼마든지 걸어서 자신만의 레스토랑을 발견할 수 있다.

나는 요리를 만들어 남에게 대접하는 걸 좋아한다. 솔직히 말하면 책상 앞보다도 주방에 있는 쪽이 마음 편한 체질이다. 왜 요리사가 되지 않았는지 신기할 정도이다.

나의 요리에는 레시피가 존재하지 않는다. 그날 무엇을 구입하느냐에 따라 메뉴가 대부분 정해진다. 프랑스와 일본의 식 재료 차이가 내 요리 목록을 늘리는 결과가 되었다.

없어서 곤란한 재료는 양배추다. 있기는 하지만 이곳 양배추는 질겨서 채 치기에 적당하지 않다. 그 대용으로 중국 배추chou chinois를 사용한다. 사보이 양배추savoy cabbage와 배추 중간 정도의 식감이다. 채를 치기는 힘들지만, 가늘게 썰어 물로 씻기만 해서 먹어도 맛있다. 좀 더 연구해서 수도원풍 크림 수프를 만들거나 커틀릿에 곁들여놓는다.

송이버섯은 없지만 버섯 철에는 지롤girolles과 세프cèpes가 맛있다. 세프는 서양의 송이버섯 격인 버섯으로 맛과 향기가 좋아서 파스타에 넣으면 절품이다.

일본 파는 없지만 서양 파인 푸아로poireau가 있다. 푸아로는 뭐니 뭐니 해도 오븐에 구운 뒤 절인 게 맛있다. 그리고 나는 건강에 유익한 푸아로 비네그레트vinaigértte(식초, 기름, 소금, 후추를 섞은 소스—옮긴이)를 아주 좋아한다.

프랑스에 살면서 가장 고마운 건 맛있고 신선한 고기가 풍부하다는 사실이다. 돼지고기는 믿을 수 없을 정도로 부드럽다. 게다가 싸다. 돼지고기 등심 특상품 4인분을 근처 마트에서 450엔 정도면 살 수 있다. 과연 농업 국가 프랑스답다.

생선은 다소 아쉽지만 겨울철에 나는 굴은 맛있다. 일본과는 조금 다른 굴이라고 생각하면 좋을 것이다. 크기와 종류도 다양한 우윳빛 굴은 즙이 풍부하다. 레스토랑과 비스트로 앞에는 굴 노점이 차려지고 그 앞에 장인이 서 있다. 파리의 겨울 풍물시風物詩다.

식 재료 구입은 보통 근처 마트에서 하지만 고급 재료라면 '르 봉 마르셰Le Bon Marché'의 식품관을 추천한다. 마트는 '모노프리monoprix'와 '쇼피shopi'가 상품이 고루 구비되어 있다. '리더 프라이스leader price'는 자기 가게에서 상품을 많이 만들어 값싸게 파는 곳이라 흥미롭다. 마트 버전의 무인양품인데, 이런 생각을 해낸 프랑스 사람도 대단한 것 같다. 점원도 몇 명밖에 없고 계산대에서 주는 봉투도 없다. 획기적으로 싼 가격으로 인기를 얻고 있다. 예를 들어 옥수수 통조림이 세 통 들어 있는 세트는 60엔 정도다. 하지만 처음에는 너무 싸다는 생각에 오히려 사지 못했다.

자연식품 종류도 충실하다. 가격은 높지만 유기농 붐으로 젊은 여성을 중심으로 안전을 추구하는 사람들이 몰려든다.

'르 봉 마르셰'에서 가까운 라스파유 거리에서 일요일 아침마다 열리는 비오로지, 즉 자연식품의 아침 시장 마르셰 라스파유Marché Raspail를 추천한다. 렌 역과 세브르 바빌론 역 사이에서 일요일 오전 9시부터 장이 열린다. 빵부터 와인까지 전부 다 유기농 식품이다. 참고로 프랑스에서는 유기농 식품을 뜻하는 바이오를 '비오'라고 발음한다.

먹을거리라면 잊어서는 안 되는 게 바게트다. 별이 세 개 붙은 레스토랑에서 서민의 식탁에 이르기까지 바게트는 빠질 수 없는 필수품이다.

나는 늘 바게트가 일본의 하얀 쌀밥에 해당한다고 여겼는데, 파리에서 살면서 생각이 조금 바뀌었다.

밥은 집에서 손쉽게 지을 수 있지만 바게트는 근처 빵집까지 일부러 사러 가야 한다. 맛있는 빵집에는 줄이 길게 늘어서 있고, 바게트가 구워져 나오는 시간이 되면 좁은 가게 안이 사람으로 미어터진다. 우리 집 주위에도 반경 100미터 내에 빵집이 십여 개나 있다. 5, 6미터 정도 안에 몇 군데나 모여 있어서, 여기서 과연 장사가 잘 될지, 신기할 정도다. 빵을 살 겸 동네 사람들과 교류도 나눈다.

보통 하나에 65엔에서 100엔 정도인데, 두껍고 긴 것을 빵이라고 부르고 가는 것을 피셀ficelle이라고 한다. 그리고 보통 크기가 바게트다.

바게트를 사려고 일부러 멀리 있는 빵집에 가기도 한다. 바게트는 표면은 얇게 구운 전병처럼 바삭하지만 안이 촉촉하고 부드럽고 말랑말랑한 게 좋다. 이런 상반되는 느낌에 맛의 비밀이 있다. 그리고 적당한 간에 단맛이 더해지면 최고급 바게트가 탄생한다. 바게트와 레드와인, 익히지 않은 햄에 약간의 치즈가 있으면 그만이다.

해 질 무렵 바게트를 들고 걷는 사람들의 모습이야말로 가장 파리다운 광경 가운데 하나일 것이다. 맛있는 바게트가 있는 거리는 당연히 활기차다.

바게트는 그저 빵에 지나지 않지만 파리에서는 인생의 지팡이이기도 하다. 날마다 바게트 하나를 사기 위해 사람들은 외출을 하고 그사이에 아이에서 어른으로 성장했다. 진정 바게트는 사람과 거리를 이어주는 마법의 지팡이다.

파리는 유럽 문화의 중심지인 만큼 다양한 민족으로 구성되어 있고, 당연히 식문화도 여러 가지 종류가 있다. 세계 최대 규모의 차이나타운이 두 곳이나 있고, 그 활기는 실로 대단하다. 구할 수 없는 식 재료는 거의 없다. 차이나 레스토랑은 차이나타운 안에 있다. 여기서만 하는 이야기지만 수준은 천차만별이다. 차이나타운 사람들이 대단한 점은 파리에서 꼬치구이, 초밥, 튀김 체인점을 만드는 데 성공했다는 사실이다. '자포야키', '스시토리' 같은 기묘한 일본어 간판을 내건 가게는 대부분 이쪽 계열이라고 보면 된다. '일본 요리'라고 쓰여 있는 가게 이름은 주의해서 살펴본다. 때때로 글자가 뒤집힌 경우도 있다.

프랑스는 베트남을 식민지로 삼았던 나라여서 이민자도 많고, 정통 베트남 요리를 실컷 맛보기에 좋은 곳이다. 전쟁과 더불어 이주해온 사람들이 경영하는 가게도 있고, 그중에는 풍채 좋은 주인이 현관에 버티고 앉은 곳도 있다.

프랑스는 특히 아랍 사회와의 유대관계가 강해서 이라크 전쟁이 났을 때 재빨리 반대 성명을 냈다. 프랑스에 뿌리를 내린 아랍 사회와의 관계를 중시했기 때문이다. 그런 만큼 아랍 음식점도 아주 많다.

아랍 국가들 요리 가운데 레바논 요리와 모로코 요리가 가장 인기가 많고, 그중에서도 레바논 요리는 상당히 괜찮다(편하게 갈 수 있어서 큰 인기인 레바논 음식점 '누라Noura'는 8구 애비뉴 마르소에 있다). 마레 지구에는 커다란 유대인 거리가 있는데 여기서 먹은 팔라펠falafel(이집트 콩 크로켓이 들어 있는 유대풍 채소 샌드위치)에 감동했다. 그리고 유대인의 요리와 아랍인의 요리가 굉장히 비슷하다는 사실을 발견하고, 팔레스타인 자치구에서 되풀이되는 전쟁의 배후에 감추어진 민족의 역사와 그들의 가까운 생활권을 새삼 깨닫게 되었다.

먹을거리 하나에도 여러 가지를 생각하게 된다. 맛에는 국경이 없지만 좀 더 맛있는 요리를 먹기 위해 사람들은 무역을 하고 교류를 하고 서로를 사랑해왔을 것이다. 어떤 오만한 군자라도 먹을 때만큼은 얌전해진다. 맛있다고 느낄 수 있다는 건 분명 행복하다는 증거다.

그런 까닭에 오늘 밤에도 맛있는 레스토랑을 찾으러 근처를 어슬렁거린다.

보나페티Bon Appetit(맛있게 드세요—옮긴이)!

파비용 누라(Pavillon Noura)
21. avenue Marceau 75016 Paris Tel : 01-47.20.33.33 http://www.noura.fr

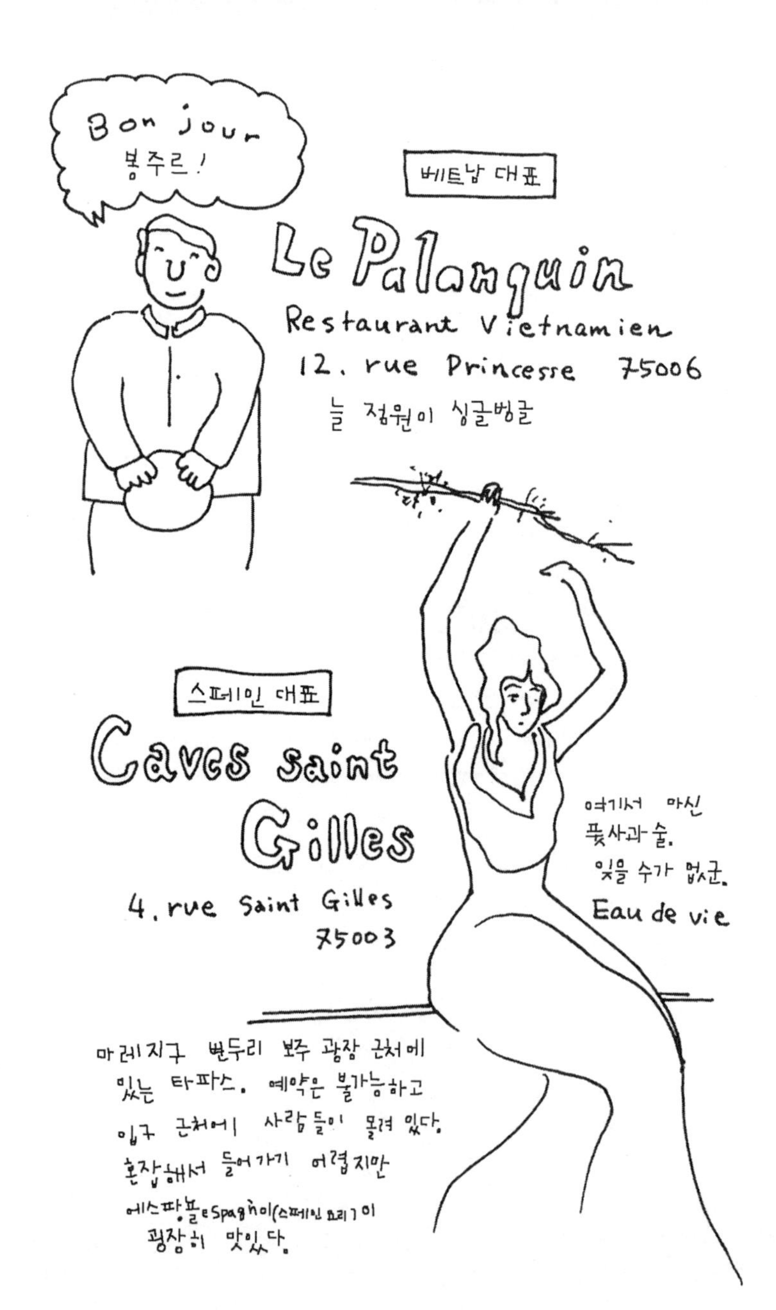
Bon jour
봉주르!
베트남 대표
Le Palanquin
Restaurant Vietnamien
12. rue Princesse 75006
늘 점원이 싱글벙글
스페인 대표
Caves saint Gilles
4. rue Saint Gilles
75003
여기서 마신
풋사과 술.
잊을 수가 없군.
Eau de vie
마레지구 변두리 보주 광장 근처에
있는 타파스. 예약은 불가능하고
입구 근처에 사람들이 몰려 있다.
혼잡해서 들어가기 어렵지만
에스파뇰espagnol(스페인 요리)이
굉장히 맛있다.

파리에는 차이나 레스토랑이 많지만 사실 일본에서 먹는 편이 더 맛있다.
단 차이나타운에 있는 레스토랑은 별개다.
파리에는 커다란 차이나타운이 두 곳 있다.
나는 벨 건물 쪽으로 간다.
엄청난 에너지다.

Étranger

에트랑제 - 파리에서 문득 먹고 싶어진다.

지구상의 갖가지 요리. 파리에서는 전세계 요리를 먹을 수 있다.
도쿄에서도 그렇기는 하지만 말이다. 파리에는 중동 쪽 음식이 많다.
아시아 국가 중에서는 식민지였던 베트남의 요리, 프랑스권에서는
모로코의 쿠스쿠스도 있다.

Yugaraj 인도 대표

Spécialités indiennes

14. rue dauphine 75006

들어가자마자 보이는 창가 좌석을 좋아한다. 여러 가지 재료가 들어있는 전채만으로 만족! 사실은 에트랑제 요리의 앙트레 entrée (생선요리 다음에 나오는 모둠요리-옮긴이)를 좋아한다.

Pause-Café

파리에서 레스토랑에 대해 생각하다

별이 세 개 붙은 레스토랑은 아니지만 적당한 가격에 편하게 들어갈 수 있고, 또 여기가 파리의 레스토랑이구나 하고 감탄할 만한 추천 레스토랑은 어디 있을까요? 종종 이런 질문을 받으면 나는 파리의 푸드코디네이터들이 자주 다니는 레스토랑이 아닐까요, 하고 대답한다. 그럼 그곳은 어느 잡지에 실려 있을까? 아마도 실려 있지 않을 거다.

그들은 비밀 레스토랑을 각자 숨겨놓고 있다. 별도 없고 세련되지 못한 곳도 많지만 그래도 정말 맛있다. 예를 들어 마레 지구에 굉장히 맛있는 스테이크 전문점이 있다. 그곳은 아는 푸드코디네이터 J군이 아무한테도 알리고 싶지 않아 하는 비밀 레스토랑 가운데 한 곳이다.

레스토랑에 들어가기 전에 J군은 여기만큼은 어디에도 소개하지 말라며 나에게 다짐을 받아두었다. 푸드코디네이터 일을 하면서 이 친구가 무슨 소리를 하는 건가, 하고 생각했는데 관광객이 잔뜩 몰려들면 자신이 그곳에서 먹을 수 없게 될까

봐 두려워서 그런 것이다.

J군뿐만 아니라 많은 푸드코디네이터가 자신만의 비밀 레스토랑을 갖고 있다. 그러고 보니 J군과 그의 푸드코디네이터 동료가 함께 비밀로 삼은 굉장한 곳이 있다. 15구에 있는 어느 베트남 음식점이다. 그곳 주인은 원래 베트남의 귀족으로 파리에 일가족을 이끌고 망명했다고 한다. 그래서일까, 어디서나 맛볼 수 있는 베트남 요리와는 다르다. 프랑스 음식 맛이 약간 나고 상당히 세련되었다. 정말 훌륭하다. 6구에 '탄틴'이라는 이름의 유명한 베트남 음식점이 있는데 그곳보다 한 수 위다. 왜 알려줘서는 안 되냐, 괜찮지 않냐, 알려주게 해달라고 항의했지만 J군은 안 된다며 화를 냈다.

파리는 좁기 때문에 조금만 인기가 있어도 사람이 너무 많이 찾아오고, 그러면 음식 맛이 떨어지고 레스토랑 쪽도 콧대가 높아져 결국 단골손님을 소중하게 대하지 않게 된다고 J군의 스승 B씨가 말했다. 내가 일본에서 살았을 때도 비슷한 경험을 한 적이 있기 때문에 그들을 탓할 수는 없었다. 이런 부분은 맛집에 따라간 사람의 약점이다. 몰래 여기에 털어놓을 수도 있지만, 파리에서 살아야 하니까 그러지 않겠다. 미안하다.

그렇다면 정말로, 정말로 맛있는 레스토랑은 잡지에 소개되지 않는 건가? 그런 생각에 정보지와 여성지를 이것저것 넘겨보니, 확실히 실려 있는 레스토랑은 어디든 비슷비슷했다. 왜 그 레스토랑을 소개하지 않는 것일까, 하고 생각되는 곳들이 실려 있지 않아서 이상했다. 『파리의 푸드코디네이터들이 사랑하는 레스토랑』이라는 책을 낸다면 폭발적으로 팔릴 것이다.

여담이지만 정보라고 다 믿을 수는 없다. 주의할 필요가 있다. 예를 들어 맛있는 빵집으로 여기저기 잡지에 소개된 '푸조랑Poujauran'이 있다. 분명 줄이 길게 늘어선 빵집이지만 개인적으로는 그다지 맛있다고 생각하지 않는다. 좀 더 맛있는 바게트를 파는 빵집은 얼마든지 있다. 그렇다고 이 정보가 아예 잘못된 것인가 하면 그렇지도 않다. 사실은 오보이다. '푸조랑'은 바게트가 아니라 파베(납작한 돌 모양의 빵)가 맛있다. 하지만 푸조랑 씨는 이미 가게에서 손을 뗐다. 게다가 주인인 장 뤽 씨가 스테판 세코 씨에게 가게는 팔았지만 푸조랑이란 이름은 팔지 않아서 다소 삐걱거리는 관계가 되었다. 푸조랑 씨가 떠난 것과 동시에 예전 기술자들도 그만둬서 맛이 변했다는 소문도 있다. 푸조랑 씨는 지금 뭘 하고 있을까?

소개된 레스토랑이 어디나 비슷비슷한 것은 일본인 특유의 미각에 맞는 곳을 수집했기 때문일 것이다. 오랫동안 파리에서 살고 있는 J군과 B씨는 차츰 프랑스의 맛에 익숙해져서 일본인과는 다른 미각을 지니고 있다. 그래서 그들도 일본인 특유의 미각과 맞지 않는 곳은 소개하지 않는 게 아닐까. 일본인이 좋아하는 프랑스 요리는 대부분 섬세하고 세련되고 양도 적고 겉보기에 아름다운 것이 많다.

프랑스 요리의 진정한 맛을 한마디로 전하기란 굉장히 어렵다. 일본인과 프랑스인의 식생활은 동떨어져 있기 때문이다. 식문화가 다르면 앗, 뭐야, 하고 놀라는 일이 항상 있다. 하지만 또 거기에 익숙해지면 다른 방식으로 프랑스 요리를 맛보는 것도 가능해진다. 푸드코디네이터들도 그들 나름대로 고심하는 듯한데, 프랑스 요리에 입문하는 것을 돕기 위해 잡지 등에서는 일본인의 입맛에 잘 맞는 레스토랑을 주로 소개하는 것 같다.

별이 붙은 레스토랑의 경우, 별이 붙은 곳이라고 전부 더할 나위 없이 좋은 것도 아니다. 미슐랭 가이드에 따르면 별이 세 개 붙은 레스토랑은 '일부러 그곳까지 갈 가치가 있는 레스토랑, 그곳에서 식사하는 것 자체가 여행의 목적이 되는 레스토랑'을 가리키는 모양이다. 별 두 개짜리는 '멀더라도 갈 만한 가치가 있는 레스토랑'이고, 별 한 개짜리는 '들어가도 손해는 안 보는 레스토랑'이다.

하지만 그중에는 왜 이곳이 별 세 개짜리인지 의심스러운 레스토랑도 있다. 반대로 과연 세 개짜리라며 고개가 끄덕여지는 레스토랑도 있다. 그래서 몇 만 엔이나 내고 식사를 하는 거군, 맛있다, 비싼 게 당연하다, 라는 생각이 든다. 그런데 완벽해야 할 레스토랑에서 완벽하지 않은 사태가 벌어지면 불평을 터트리고 싶어진다.

반면 "앗, 이렇게 싼데 왜 이렇게 맛있지?" 하고 나도 모르게 마구 칭찬하고 싶어지는 레스토랑을 만나면 기쁘다. 잘 찾아보면 파리에는 그런 레스토랑이 많이 있다. 맛있다고 느끼는 기준은 사람마다 각자 다르기 때문에 뭐라고 단정 지을 수는 없지만, 레스토랑과 요리와 만나는 타이밍, 몸 상태, 분위기도 중요할 것이다. 애써 바다를 건너왔다. 일본에 있는 프랑스 요리와는 다른 맛, 본고장의 훌륭함과 만나고 싶을 것이다.

프랑스에서만 맛볼 수 있는 요리는 뭐니 뭐니 해도 엄선된 식 재료를 듬뿍 사용한 요리일 것이다. 재료와 계절, 셰프의 상상력과 시대적인 분위기 등 다양한 요인의 영향으로 파리의 식문화는 다채로워지고 있다.

겨울에는 굴을 꼭 먹어보아야 하는데 셰프에게도 자신 있는 분야와 그렇지 않은 분야가 있다. 재료가 풍부한 계절과 그렇지 못한 시기도 있고, 어떤 타이밍인지에 따라 또 다르다. 먹고 싶은 음식을 사전에 조사해, 그 계절에 그 요리가 특기인 셰프의 레스토랑에 가서 먹는 것이 무엇보다도 중요하다.

또한 여태 별이 없다가 별 하나가 붙은 지 얼마 안 된 레스토랑이나 셰프가 바뀌고 나서 갑자기 별이 늘어난 레스토랑을 노려야 한다. 셰프에게도 상승세를 탈 때, 한창때가 있다.

파리에 몇 군데밖에 없는 별이 세 개 붙은 레스토랑이 프랑스 요리계의 정점인 건 분명하다. 하지만 그렇게 기술로 승부하는 요리가 아니라 전통을 이어받아 만든 소박한 요리 속에 도리어 프랑스다운 맛이 감춰져 있고, 길모퉁이 비스트로에서 머문 하룻밤에 그 무엇과도 바꿀 수 없는 최고의 행복을 느끼는 순간이 있다.

나는 파리를 최대한 걸어 다니려고 한다. 주위 사람을 붙잡고 레스토랑의 평판을 수집한다. 이른바 1인 미슐랭 놀이를 하는 거다. 정보가 편향될 수도 있으므로 몇 사람에게 물어보는 게 좋다. 토박이로 가득 찬 레스토랑이라면 일단 틀림없다. 레스토랑 앞에 일본 잡지를 오려서 붙여놓은 곳은 안 된다. 잡지를 오려 붙이고 자만하는 듯한 레스토랑에는 들어가고 싶지 않다.

프랑스인의 저녁 식사 시간은 느지막하기 때문에 밤 9시 30분 정도에 토박이로 넘쳐나는 레스토랑을 노려야 한다. 7시 무렵에는 외국인 관광객 천지다. 별이 붙은 레스토랑은 안을 들여다볼 수 없으므로 직접 들어가는 수밖에 없다. 미슐랭 가이드 등도 참고는 되지만 주의해야 한다. 미슐랭은 전통이나 권위에 다소 관대하다고 생각한다. 고 미요 같은 가이드북은 약간 치우친 경향이 있지만 미슐랭과 비교하면서 같이 이용하면 재미있다. 하지만 가이드북은 어차피 가이드북이므로 고 미요에서 15점 정도 점수를 얻은 레스토랑의 좋고 나쁨은 솔직히 심사한 사람의 차이라고 생각하는 편이 좋다.

그러고 보면 도쿄의 레스토랑은 정말로 수준이 높다고 생각한다. 프랑스 이야기를 하다가 일본을 칭찬하긴 좀 뭣하지만 도쿄에는 전 세계의 맛있는 음식이 모두 모여 있다. 맛있는 이탈리아 와인이 마시고 싶다면 아오야마 외곽에 있는 '비 니드 아라이'를 권한다. 소믈리에인 아라이 씨가 고른 이탈리아 와인은 뭔가 다르다. 이탈리아 와인이니까 이탈리아에서 마시고 싶지만 그리 쉽게 갈 수 있는 곳은 아니니 말이다. 아무튼 '비 니드 아라이'는 꼭 가봐야 한다.

프랑스 요리 중 특히 생선 요리를 좋아한다면 '느 키테 파 Ne Quittez Pas'를 가보기 바란다. 음식 간과 화력 조절이 뛰어나다. 소박한 맛과 프랑스 요리 본연의 맛이 이곳에 담겨 있어서 안심하고 먹을 수 있다. 이곳에서 프랑스 요리의, 특히 생선 요리의 훌륭함을 배웠다. 이야기가 옆길로 새는 것 같지만 꼭 소개하고 싶은 도쿄의 가게가 몇 곳 있어서 이번 기회에 한꺼번에 소개하겠다.

일식집 '가도와키門脇'. 주인이 카운터 안에서 손님을 세심하게 살피며 만드는 요리는 참으로 훌륭하다. 제자에게 화낼 때 느껴지는 남자다움이 요리에도 배어 있다. 창조력이 넘치는 일식이다. 맛있는 흰 쌀밥을 먹고 싶다면 니시아자부의 '핀びん'을 권한다. 술을 마시며 가볍게 요기하고 싶을 때 딱 좋은 곳이다. 간판도 내걸지 않았기 때문에 찾기는 어렵다. 요리사가 여성인데 이 사람 역시 요리에 일가견이 있다. 붉은 살의 참치를 먹고 싶다면 반드시 긴자 로쿠초메에 있는 '기요다きよ田' 에 가보기 바란다. 예전에 평론가 고바야시 히데오가 단골손님이었다고 한다. '신페이シンペイ'의 독창적인 요리에도 감탄한 적이 있다. 아카사카의 '와키야 이치에미차로WAKIYA 一笑美茶樓'의 중화요리는 상당히 고급스럽다. 전채로 나오는 입안에서 녹는 '게 요리'는 잊을 수가 없다. 히가시기타자와에 있는 '엔리케エンリケ'의 모시조개 리소토는 둘이 먹다 하나가 죽어도 모를 정도로 맛있다. 가게의 검소한 규모에 속아서는 안 된다. 엔리케에서는 기사라즈산 모시조개를 매일 들여온다. 일본을 떠난 지 꽤 되었는데도 아직 가게 이름이 줄줄 나오는 걸 보니 상당히 맛있었던 모양이다. 이 가게들이 지금도 영업을 하고 있는지는 알 수 없다. 외출하기 전에 전화번호부를 꼭 찾아보기 바란다.

그런데 프랑스라면 이야기는 달라진다. 미슐랭의 별 평가대로 '피에르 가니에르Pierre Gagnaire'나 '알랭 뒤카스 오 플라자 아테네Alain Ducasse au Plaza Athenee' 등은 돈이 있다면 꼭 가봐야 하는 곳으로, 요리가 굉장히 맛있다. '피에르 가니에르'의 고급스러움은 깜짝 놀랄 정도이므로 정장 차림으로 가기 바란다. 하지만 음, 비싸다. 별 세 개짜리라도 '르 그랑 베푸르 Le Grand Véfour(2008년에 별 두 개로 등급이 떨어짐—옮긴이)'는 웨이터가 소탈해서 주눅 들지 않고 먹을 수 있다. 초호화판 비스트로라는 느낌이 재미있다. 모두 독창적이지만 전통도 잘 갖추고 있고 수준 높은 프렌치 레스토랑이라는 사실에는 의심할 여지가 없다.

미슐랭의 별은 확실히 잔혹한 기준이다. 나는 베르나르 루아조 씨의 열렬한 팬이었는데, 별의 개수가 떨어질 거라는 소문이 그가 자살한 원인이었다고 한다. 크리용 호텔Hôtel de Crillon의 '레 장바사되르Les Ambassadeurs'에 있던 나의 친구인 셰프 도미니크 부셰는 별의 개수 때문에 그만두었다. 도미니크는 별을 따내는 레이스에 맞지 않는 순수한 마음을 지닌 요리사다. 8구 트레야르 거리에 개업한 레스토랑 '도미니크 부셰'는 일본인에게 친절한 가게다. 앞으로는 별 개수에 신경 쓰지 않는 일을 하고 싶다고 털어놓은 그의 한마디는 내 소설 『지금 이 순간 사랑한다는 것』의 힌트가 되었다. 그를 모델로

레 장바사되르(Les Ambassadeurs)—호텔 크리용 안
Hôtel Crillon 10, place Concorde 75008 Paris Tel : 01-44.71.16.16 http://www.crillon.com

도미니크 부셰(Dominique Bouchet)
11, rue Treilhard 75008 Paris Tel : 01-45.61.09.46 http://www.dominique-bouchet.com

삼지는 않았지만 주방까지 찾아가서 취재도 했다. 도미니크가 그만둘 때 총지배인도 호텔을 옮겼다. 그만큼 별을 따는 건 혹독한 일이다.

내가 남몰래 주목하고 있는 셰프는 전통 있는 뫼리스 호텔의 레스토랑 '르 뫼리스Le Meurice'에서 뛰어난 솜씨를 발휘하는 야닉 알레노다. 별 하나였던 르 뫼리스 레스토랑은 그가 취임하면서 순식간에 별이 두 개가 되었다. 머지않아 별 세 개가 될 거라는 소문이 있다. 음, 별은 미슐랭 심사위원이 결정하기 때문에 나와는 관계없지만, 르 뫼리스의 요리는 오랜만에 가슴을 두근거리게 했다. 스페인의 '엘 불리El Bulli' 같은 참신함은 없어도 활기찬 기운이 넘쳐난다.

야닉이 만드는 요리는 몸과 마음에 친숙하다. 일본인의 미각에도 잘 맞는, 빼놓을 수 없는 레스토랑이다. 이왕이면 고기 요리보다는 야닉의 특기인 생선 요리를 권한다. 분명 계절에 따라 나오는 생선 요리는 다를 것이다. 따라서 제철 생선이 무엇인지 물어보고 선택하는 게 좋다. 내가 먹어본 요리 중에

르 뫼리스(Le Meurice)—호텔 뫼리스 안
Hôtel Meurice 228. rue de Rivoli 75001 Paris Tel : 01-44.58.10.55 http://www.meuricehotel.com

제일 감동한 것은 가리비에 이탈리아산 하얀 송로 버섯을 대담하게 곁들인 고급 요리다. 생 피에르에서 맛본 흰 살 생선도 훌륭했다. 코리앤더coriander(고수의 씨를 이용한 향신료—옮긴이)로 만든, 담백하면서도 생선의 맛을 한층 두드러지게 하는 달콤하고 향기로운 소스도 일품이었다.

그러고 보니 만나자마자 야닉은 일본에서 먹었던 일식집 '아오야기'의 요리를 잊을 수 없다고 말했다. 야닉 밑에서 일하는 소믈리에도 '아오야기'의 와인을 칭찬했다. 이 정도로 뛰어난 장인들을 감탄하게 만든 일식이 내심 자랑스러웠다.

단 하나의 바게트부터 별이 세 개 붙은 레스토랑까지 파리에는 맛있는 음식이 산더미처럼 쌓여 있다. 하지만 웬일인지 정말로 맛있는 곳에 다다르기 힘들다는 점도 파리라는 장소의 7대 불가사의 가운데 하나다. 그러기 위해서는 걷고 찾고 탐욕스레 만나러 가는 수밖에 없으리라.

사요나라와 오흐부아

일본 사람과 프랑스 사람의 미묘한 감각 차이는,

정말로 사요나라와 오흐부아의 뉘앙스 차이와 비슷하다.

파리를 무대로 한 소설이나 영화는 많다. 운명적인 만남이 있으면 반드시 헤어짐도 있다.

여름이 되면 센 강변은 연인들로 넘쳐난다. 도대체 무엇을 그렇게 속삭이는 걸까 하는 생각이 들 정도로, 그들은 마냥 달라붙어 끊임없이 이야기를 나눈다.

눈물을 흘리며 홀로 강변을 걷는 여성을 본 적도 있다. 석양을 등지고 뺨을 적시며 걷는 파리지앵은 얼마나 사랑스러운

가. 모든 사람이 다 영화에 나오는 배우 같다. 무수한 사랑의 탄생을 지켜보고 무수한 사랑의 파국을 배웅해온 파리.

이 거리만큼 아름답게 사람과 사람을 우연히 만나게 하고, 이별하게 하는 장소는 없을 것이다.

일본어의 사요나라サヨナラ(안녕—옮긴이)에 해당되는 프랑스어는 사전에 '오흐부아Au revoir'라고 나와 있지만, 여기서 생활해 보니 이 두 가지 이별에 대한 말에는 미묘한 온도 차이가 있다는 걸 알았다.

'Au revoir'는 대부분의 일본어 교재에 '오르브와르オ・ルヴォワール'라고 가타카나로 표기되어 있지만 프랑스 사람들은 '오흐부와'라고 발음한다. 내가 배우고 있는 프랑스어 선생님에게 들어보니 '오르브와르'가 정식 발음인 듯하다. 일본어의 '사요나라'도 사전을 보면 '사요우나라サヨウナラ'가 옳은 표기로 되어 있다. 보통은 '사요우나라'라고 하지 않고 '사요나라'라고 발음한다. 그런 것과 마찬가지다.

카페를 나올 때도 담배 가게를 나올 때도 누군가와 서서 이야기를 한 뒤에도, 수업 후에도 슈퍼마켓 계산대에서 돈을 낸 뒤에도, 다들 아무렇지도 않게 '오흐부아'라고 인사한다. 하지만 일본에서는 마트에서 돈을 낸 후 '사요나라'라고 하지 않는다. 계산하는 사람은 사주셔서 고맙습니다, 하고 말할지도 모르지만 말이다.

프랑스 사람은 아무것도 사지 않더라도 가게를 나갈 때에는 반드시 자연스럽게 고맙다, 또 오겠다며 "메르시, 오흐부아." 하고 인사한다. 그러면 점원도 "오흐부아." 하고 대꾸한다. 일본 사람에게는 다소 겸연쩍은 습관이지만 프랑스인들은 쑥스러워하지 않고 모두 인사를 나눈다.

어쨌든 프랑스에서는 '오흐부아'라는 말이 거리에 울려 퍼지고 외출하면 반드시 듣게 되는 말이며 자신도 해야 하는 말이다. 사람과 사람을 이어주는 일종의 예절이다. 또한 인간교류의 주문이다.

'오흐부아'에는 '사요나라'에 담긴 무게나 깊이는 없는 듯하다.

일본 사람이라면 누구나 다 경험이 있겠지만 어린 시절, 학교에서는 날마다 '사요나라'라고 말했다. 선생님 '사요우나라', 여러분 '사요우나라' 하고 반드시 인사를 해야 했다. 하지만 고등학생이 되면 더 이상 말하지 않는다. '사요나라'라는 인사말은 느닷없이 딱딱한 표현으로 변모한다.

일본 사람은 '사요나라'의 경우 상대에게 선을 그을 때 확실하게 의식해서 사용한다. 그렇기 때문에 좀처럼 '사요나라'라는 말을 쓰지 않는다. 가볍게 헤어질 때는 '도모どうも(자, 그럼)'나 '자네じゃあね(그럼)'라는 말을 사용한다.

"도모, 도모."

"아, 도모, 자, 도모."

이런 느낌이다. 또는 '소레자, 마타それじゃあ, また(그럼, 또)'라는 표현도 있고 '자, 시쓰레시마스じゃあ, 失礼します(그럼, 실례하겠습니다)'라는 기묘한 표현도 있다. 이 말을 들으면 뭔가 실례를 했나, 하는 생각이 든다. 이 표현은 손윗사람에게 쓰는 경우가 많다.

그러고 보면 프랑스어에는 좀 더 가벼운 '사요나라'가 있다. 'Salut'라고 쓰고 '살뤼'라고 발음한다. 일본어의 '자네'에 해당하는데 친한 친구나 동료 사이에 쓴다.

나는 헤어질 때 쓰는 일본말 중에 '마타네またね(또 봐요)'를 좋아한다. '마타네'에는 미래가 있고 다정함이 있고 사랑이 있다. 여기서 처음으로 책을 냈을 때 프랑스인 편집자에게 알려 준 일본어가 'MATANE'였다. 나에게 그녀는 프랑스의 어머니

같은 존재이다. 그녀가 '마타네'라고 할 때마다 나는 일본어의 폭넓음, 사랑스러움, 순수함, 고상함에 감동한다. 여성에게 '마타네'라는 말을 듣는 건 기쁘다. 참으로 매력적인 말이다.

프랑스어에도 '마타네'와 비슷한 말이 있다. 바로 '아비앵토A bientôt'다. '그럼 또 가까운 시일에'라고 번역하면 될 것이다. '아투탈뢰르A tout à l'heure'에는 '그럼 또 나중에' 라는 뉘앙스가 포함되어 있다.

그리고 '아듀Adieu'는 긴 이별 또는 사별 등 영원한 헤어짐일 때만 사용하는 좀 더 무겁고 깊이 있는 이별의 말이다. 영어로는 '페어웰farewell'에 해당한다. 일본어로는 '사라바さらば(안녕—옮긴이)'로 번역될 때도 있다. '아듀 마 죄네스Adieu, ma jeunesse'는 '사라바, 세슌요さらば, 青春よ', 즉 '안녕, 청춘이여'를 의미한다.

문득 '아듀'와 '오흐부아' 사이에 '사요나라'가 있지 않을까, 하는 생각이 들었다. 일본 사람과 프랑스 사람의 미묘한 감각 차이는, 정말로 '사요나라'와 '오흐부아'의 뉘앙스 차이와 비슷하다.

일본 사람은 좀처럼 '사요나라'를 쓰지 않지만 프랑스 사람은 '오흐부아'를 일상적으로 연발한다. '소다そうだ(그래—옮긴

이))'의 연발이라고 해도 과언이 아닐 정도로 '오흐부아'를 입에 달고 다닌다. 그래서 파리에 온 지 얼마 안 되었을 무렵에는, 다들 이별의 말을 입에 달고 다니다니 이 얼마나 고지식한 국민인가 하고 생각할 정도였다. 최근에 와서야 간신히 사요나라와 오흐부아의 차이를 인식하고, 프랑스와 일본의 미묘한 온도 차이도 이해할 수 있게 되었다.

오흐부아에는 가까운 미래에 다시 만나기를 바라는 마음이 숨어 있다. 사요나라가 슬픈 이별을 상기시키는 것과는 대조적이다. 둘 다 아름다운 말이지만 일본인이 사요나라를 웬만해서 입에 올리지 않는 건 아마도 외로움을 잘 타기 때문일 것이다. 사요나라 안에 숨어 있는 일종의 이별을 말로 하는 게 싫어서, '도모' 또는 '자' 등의 말로 도망치는 듯하다. 그런 의미에서는 프랑스 사람과 같은 마음이다. 그렇다면 '도모' 또는 '자'에 해당하는 새로운 일본어를 만들어내면 좋을 텐데, 그 부분은 묘하게 모호한 상태로 지금까지 이어지고 있다. 이렇게 쑥스러워하는 인사 방식마저 일본인다운 건지도 모르겠다.

내가 아는 편집자 가운데 프랑스 남성과 연애 중인 여성이 있다. 이 여성은 사흘 연휴 등을 이용해서 몇 천 킬로미터에

달하는 사랑 여행에 나선다.

굉장히 멋지고 깜짝 놀랄 만한 이야기이다. 연애를 하는 사람의 눈에는 당연히 사랑밖에 안 보인다. 몇 천 킬로미터의 거리 차이와 나이 차이, 성별 차이는 대수롭지 않다.

하지만 그녀에게는 걱정이 하나 있다. 그녀는 '사요나라'와 '오흐부아'의 차이를 이해하지 못한다. 기분의 차이, 감각의 차이, 생활방식의 차이를 상대에게 느낀다. 나도 여기서 살면서 비로소 프랑스 사람의 기발한 사고방식에 대해 깨달았다. 일본인의 감각에서 보면 참으로 별스러운 사람들 같다. 괴짜인 내가 이렇게 말할 정도니, 정말 대단한 거다. 세계에서 가장 개인주의가 철저한 나라니까 어쩔 수 없다. 자유의 발상지에서 사는 국민들이니까 자신이 세상의 중심에 있다고 생각하는 건 당연하리라. 주위의 눈에 신경 쓰고 삶의 방식까지도 바꾸려는 집단주의 사고방식은 손톱만큼도 없다.

프랑스의 젊은이는 결혼이라는 형태에 구애받지 않는다. 쉽게 동거하지만 보험 문제나 아이를 교육할 때 문제가 생기지 않는 한, 다들 혼인신고는 하고 싶어 하지 않는다. 미래에 대해 약속하지도 않는다. 지금 이대로가 좋다, 라는 말로 매듭짓는다. 아이가 생겨도 결혼을 하지 않는 사람이 있다. 최근 프랑스에서는 결혼을 하지 않은 젊은 커플에게도 결혼한 것과 동등한 권리와 보험이 적용되는 법률을 마련했다. 이 법률에 따라 게이 커플도 사회적인 권리를 얻을 수 있게 되었다.

그런 까닭에 점점 결혼하지 않는 커플이 늘어나는 현상이 나타난다.

이 편집자도 그런 부분에서 고민하는 모양이다. 부지런히 프랑스를 드나드는 그녀에게 이 프랑스 남자는 오는 건 당신 자유라고 지껄였다고 한다. 맙소사, 이 말만 들으면 그 남자는 정말로 지독한 인간인 것 같지만 지레짐작해서는 안 된다. 분명, 사고가 일어났을 때 사과를 하면 끝장으로, 이쪽이 잘못을 저지르지 않았다 하더라도 책임을 강요하는 나라다. 프랑스에서 가장 처음 배운 건 교통사고에 휘말리더라도 절대로 사과하지 말라는 것이었다. 사고 현장에서는 양쪽이 서로의 주장을 반박한다. 그렇다고 프랑스 사람이 예의도 모르는 자기중심적 인간 집단인가 하면 전혀 그렇지 않다. 길가에서 어깨를 조금 부딪치는 경우 일본에서는 그냥 무시하고 지나간다. 하지만 프랑스에서는 반드시 파르동pardon, 즉 미안하다고 말한다. 때로는 웃는 얼굴과 함께. 앞서 말했듯이 인사는 일상다반사다. 전 세계를 둘러보아도 프랑스 남성들만큼 다정한 이들은 없다. 프랑스에서는 적어도 남자들이 상대에게 냉정하게 대하는 일은 없다. 반대의 경우는 있어도…….

이런 기묘한 모순이야말로 진정 프랑스가 프랑스인 이유라고 할 수 있다. 그 온도 차를 정확히 꿰뚫어보면, 프랑스라는 나라가 이제 조금 재밌어진다. 보는 각도에 따라서는 프랑스 사람만큼 무례한 사람은 없다. 하지만 다른 각도에서 보면 프랑스 사람만큼 대범하고 다정한 국민도 없다.

그 편집자가 나아갈 연애의 행로가 확실히 흥미진진하다. 그녀가 그와 어떤 결승점을 향하느냐에 따라 사랑의 미래는 크게 달라질 것이다.

프랑스식으로 지금이 좋다고, 상관없다고 생각하면 분명 사랑은 결실을 맺을 것이다. 하지만 아시아식으로 결혼을 포함해 장래, 일생, 사랑의 행로를 지금 당장 결정하라고 다그친다면 아마도 그 남자는 왜 그러느냐며 눈살을 찌푸릴 것이다. 앞으로 이혼할지도 모르는데 결혼을 약속하는 건 어리석은 일이라고 말하고 싶어 하는 냉정한 미래관을 프랑스 사람은 지니고 있다.

다른 사람에게 흥미가 없는 프랑스와 다른 사람에게만 흥미가 있는 일본의 온도 차는 결혼관과 이혼관에도 커다란 차이를 빚어낸다. 파리지앵과 연애하는 야마토 나데시코大和撫子(일본 여성을 청초하고 아름다운 패랭이꽃에 비유한 말—옮긴이)는 이 사랑을 어떻게 헤쳐나갈까. 분명 답은 그녀가 어떤 마음을 먹느냐에 달려 있다.

여성 편집자는 공항까지 배웅해준 연인에게 '사요나라'를 고할까? 아마도 그녀는 긴 입맞춤 뒤에 연인의 귓가에 대고 '오흐부아' 하고 속삭일 게 분명하다.

하지만 한 번 정도 '사요나라' 하고 말해보면 어떨까. 일본에는 '뒷머리가 당겨지는 듯하다('미련이 남다'는 뜻—옮긴이)'라는 기특한 표현이 있다. 쫓아가지만 말고 한번 진심으로 쫓아오게 만들면 좋겠다. 남자는 쫓아가고 싶어 한다. 이건 본능이다. 너무너무 쫓아가고 싶어서 어쩔 줄을 모르는 게 남자다. 그래서 그는, 오는 건 당신 자유라고 말했다. 사실은…….

넋 놓고 있을 상황이 아니다.

노상 주차가 가능하다면
어엿한 어른이라고 할 수 있다.

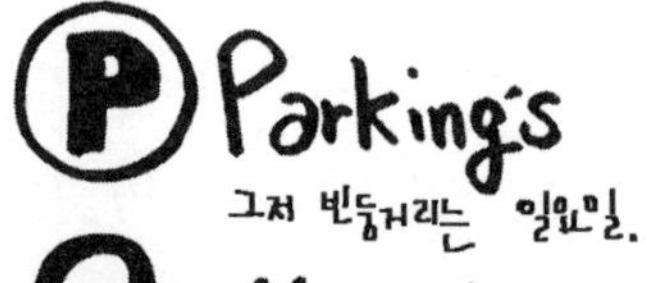

Parking's

그저 빈둥거리는 일요일.

Marchés

겨울에는 말이다. 난로를 피울 장작도 있다.

Stations services

주의하기를. 하지만 좋은 사람도 있다.

Taxis

파리에서의 쇼핑은 즐겁다.

Centres commerciaux

파리는 전부 20구. 하지만
전부 다른 사람이 각각의 구에
각각 살고 있다.

저기 말이지. 파리의 남자는
조금 나이 든 쪽이
멋있어 보인다.
하지만 자신을 단정하게
꾸미고 다닌다. 파리의 여자는 말이지.
브랜드에 흔들리지 않는 사람이 멋있다.
그래서 오히려 브랜드가 생명을 이어 나가는 거다.
남자는 말이지, 여기서는 나이를
먹은 쪽이 어쩐지 돋보인다.
여자들 중에서도 어릴 적부터
어른을 동경하는 사람들이 있다.
그냥 자연스럽게.
알고 있었나?

그랑 마가쟁 이야기

아무것도 사지 않아도 또 오고 싶다고 생각하는 건
그곳이 어른의 유원지이고
그곳에 가면 어쩐지 모두 구비되어 있다는 착각이 들기 때문이다.

나는 백화점을 아주 좋아한다. 하지만 혼잡한 건 딱 질색이다. 너무 북적거리지 않고, 그렇다고 유행에 뒤떨어지지도 않으면서 우아하고 차분하게 돌아다닐 수 있는 일류 백화점, 즉 그랑 마가쟁Grand Magasin이 좋다.

파리에는 전 세계의 유명 백화점들이 다 모여 있다. 가장 규모가 큰 '갤러리 라파예트Galeries Lafayette', 일본에서도 친숙한

'오 프랭탕Au Printemps' 등은 가본 적이 있는 독자도 많을 것이다. 여기서 자세히 이야기할 것까지도 없다. 2003년 '갤러리 라파예트'의 크리스마스 일루미네이션은 아름답기 그지없었다. 옆에 있는 '오 프랭탕'도 뒤질 새라 빨간 촛대 모양 조명이 정면에 하나 가득 우아하게 천천히 켜졌다 꺼지기를 되풀이하는 크리스마스 일루미네이션을 꾸몄는데, 그 대조적인 화려함이 황홀했다.

두 백화점은 서로 가까이 있어서 파리의 소비 욕구를 부추기는 하나의 커다란 쇼핑 구역을 형성하고 있다. 전 세계의 관광객이 우글우글하고, 전 세계 언어가 어지러이 뒤섞이고, 음, 어쨌든 번잡하다.

딱 하나 유감인 것은 상품을 차분하게 볼 수 없다는 점이다. 젊은 시절이었다면 북적이는 것도 즐거웠겠지만, 어느 정도 나이를 먹으니 천천히 우아하게 상품을 보고 싶다는 생각이 든다.

그래서 나는 '르 봉 마르셰Le Bon Marché'나 '라 사마리텐La Samaritaine'을 선택한다. '라 사마리텐'은 고급 백화점에 속하지는 않지만 서민적인 파리를 맛보기에 적당하다. 고급품은 역시 거리에 있는 상점 쪽이 상품 수가 많기 때문에 백화점에서 구입할 마음은 들지 않는다. 그래서 백화점에서는 다른 상품을 찾는다. '라 사마리텐'에서는 프랑스 사람의 일상을 탐색하기 위해 가구와 식기, 잡화 등을……. 자그마한 백화점이라서 1시간 산책 코스로 적당하다.

식기 매장에 있는 찻집 '마리야주 프레르'에서 바라보는 전망이 특히 훌륭하다. 센 강을 내려다보면서 여유롭게 오후의 차 한 잔을 마시면 기분이 좋아진다. 파리의 카페는 어디나 다 혼잡하기 때문에, 비교적 한산한 이 찻집은 숨겨진 보석 같은 곳이다.

하지만 한 단계 더 고급스러운 곳을 원한다면 아무래도 '르 봉 마르셰'가 좋다. 최근에 대대적인 단장을 마친 후, 내부가 훨씬 짜임새 있고 한층 더 고상해졌다. 오랜 전통을 버리지 않고 우아함을 잃지 않았으며, 기품을 떨어뜨리지도 않았다. 젊은이에게 아첨하지도 않고, 독특한 향기를 내뿜고 있다. 이곳에는 확실히 뭔가가 있다. 나는 '르 봉 마르셰'를 어른의 유원지라고 생각한다.

〈각자의 고양이를 찾아서〉로 성공한 영화감독 세드릭 클래피시Cédric Klapisch의 데뷔작 〈백화점 대백과〉는 몰락해가는 오랜 전통의 백화점이 새롭게 단장해 성공을 거둔다는 이야기인데, '르 봉 마르셰'의 회생 방식도 이 영화에 지지 않을 만큼 참으로 화려했다.

크리스마스 일루미네이션은 정말로 아름다웠으며, 시적이고 감동적이기까지 했다. '갤러리 라파예트'와 비교하면 작은 규모이지만 쇼윈도 안에서 펼쳐지는 완성도 높은 인형극에 경의를 표하고 싶었다. 화려함은 없지만 시적인 정취가 있고, '아아, 이곳이야말로 프랑스의 백화점!'이라는 생각에 나도 모르게 가슴이 뛰었다.

본관 2층에 있는 여성복 브랜드 매장은 몰라볼 정도로 깔끔해졌다. 게다가 식품관 2층에 있던 세련되지 못한 레스토랑을 없애고, 디자이너 브랜드 매장으로 통일했다. 젊은 사람은 그쪽으로 몰려드는 구조이고, 그런 까닭에 본관은 어른들의 해방구가 되었다.

덧붙이자면 '르 봉 마르셰'는 특별히 고급 브랜드를 지향하지는 않는다. 1층에 디오르, 루이비통, 샤넬 등 몇 곳이 입점해 있지만, 상품 수를 따져보면 몽테뉴 거리에 있는 매장이 훨씬 충실하다. '르 봉 마르셰'에는 고급 브랜드 상품을 보러 가는 게 아니다. 나는 여기에 있는 좀 더 다른 것을 찾으러 간다. 그래, 이곳에는 뭔가가 있다.

'르 봉 마르셰' 3층 식기 매장은 개인적으로 아주 좋아하는 장소다. 요리가 취미인 나에게 이곳은 유원지라기보다는 박물관 같은 곳이다. 그중에서도 크리스토플Christofle 은식기는 크기가 알맞으면서도 품위 있어서, 바라보기만 해도 즐겁다. 결코 비싸지 않기 때문에 선물하기에 딱 좋다. 나는 여기서 은제 와인 잔과 은장식이 붙은 와인 코르크 등을 샀다.

꼭대기 층의 수예 매장도 볼만하다. 어머니가 프랑스 자수 강사라, '르 봉 마르셰'에서 이것저것 구입해 보낸다.

가구 매장은 다소 미흡하다. 약간 어둡고 세련미가 떨어진다. 브로캉트Brocante라고 불리는 벼룩시장에 가서 골동품을 구하는 편이 훨씬 더 재미있다. 멋진 가구를 사려면 생제르맹 대로 근처 전문점이 괜찮다. 개성 있는 가구점들이 격전을 벌이고 있다. 이 이야기는 다음에 또 하겠다.

하지만 가구 매장 중앙에 있는 꼭대기 층으로 올라가는 역사 깊은 계단은 참 좋다. 이런 곳에 창업 1852년의 무게를 아무렇지도 않게 남겨둔 점이 얄궂다. 다 올라가면 수예 매장이 있다.

3층 이벤트 매장에서는 계절마다 다양한 분위기를 선보인다. 2003년 가을에는 초콜릿만을 내놓은 바를 열었다. 말랑말랑한 생초콜릿이 몇 종류. 메뉴는 그 초콜릿과 물뿐인 재미난 모습이었다. 매킨토시 코트 등 엄선된 상품이 함께 전시된 공간도 있어서 초콜릿 바에서 쉬면서 세심하게 선정된 양복을 멀리서 둘러보게 하는 멋진 감각에 마음을 빼앗겨버렸다. 아아, 이것이야말로 어른의 유원지가 지닌 묘미이리라. 여름철에는 바캉스 물품인 수영복이나 바닷가 근처에서 쓰는 물건들로 가득 찬다.

다 말하자면 한이 없겠지만 조금만 더 이야기하겠다.

지하에는 장난감 매장과 아동복 매장, 문구점, 서점이 상당히 잘 갖추어져 있다. 아동복 매장은 고급품 중심으로 다른 백화점과 차별화되어 있다.

서점에는 소파가 있기 때문에 앉아서 차분히 책을 읽고 난 후 구입할 수도 있다. 프랑스에서 내 책이 처음으로 출판되었을 때 이곳 서점 평대에 쌓여 있는 것을 발견했다. 독서를 좋아할 것 같은 초로의 여성이 코앞에서 내 소설을 손에 들고 꽤나 한참 동안 들여다보고 있었다. 심장이 터질 것만 같았다. 내가 그 책을 썼습니다, 하고 말하고 싶었지만 그 무렵에는 프랑스어가 아직 서툴렀다. 그 순간 초로의 여성과 눈길이 마주쳤다. 엉겁결에 나는 웃음을 지어 보였다. 그러자 그 여성은 무엇을 착각했는지 책을 원래 있던 곳에 내려놓고 그 자리에서 떠났다. 지금이라면 그런 오해는 일어나지 않았을 텐데 귀중한 독자를 놓쳐버려 아쉽다…….

'르 봉 마르셰'에서 가장 마음에 드는 공간을 소개하겠다. 본관 옆에 있는 식품관 '그랑 에피스리 드 파리Grande Epicerie De Paris'다. 어른의 유원지에서 가장 큰 매장이다.

꼭 한번 가보기 바란다. 이곳의 풍부한 식품 앞에서는 마치 디즈니랜드에 처음 간 아이 같은 상태가 되어버린다. 무엇을 어디부터 보면 좋을지 모르겠다는 의미다.

세계 각지의 반찬, 향료 매장, 종류가 풍부한 빵집, 정성스레 선정한 와인 매장, 냉동식품, 프랑스 내에 있는 음료수, 생선 매장, 고기 매장, 채소 매장, 파스타, 통조림, 과자 가게, 초콜릿 가게, 고급 식자재 매장, 거기다 무엇인지 알 수 없는 전 세계의 맛있는 음식이 산더미처럼 잔뜩 쌓여 있다.

반찬 매장은 보기만 해도 참으로 즐겁다. 레바논풍 전채–

가지를 곁들인 캐비아, 이집트 콩으로 만든 퓌레, 파슬리와 민트 샐러드인 타불러tabbouleh 등—를 플라스틱 상자에 넣어 팔고 있다. 반찬 매장 옆에는 햄 매장이 있는데 점원이 잘라서 판다. 시식을 해보라고 말을 건네는 경우도 있기 때문에 그럴 때는 망설이지 않고 집어 먹는다. 한 입 먹어보면 사고 싶어진다. 사지 않는 경우에도 웃는 얼굴로 메르시, 하고 인사를 남기자.

빵집도 치즈 매장도 와인 매장도 상품이 잘 갖춰져 있다(솔직히 말하면 와인 매장의 점원은 태도가 불량하다. 그리고 와인에 대해 잘 모르는 것 같으니 주의해야 한다). 여기서는 프랑스뿐 아니라 전 세계의 식 재료를 구할 수 있다. 비교적 비싸기 때문에 구경만 하는 것도 괜찮다. 그저 돌아다니기만 해도 충분히 행복해진다. 좀 더 값싸고 좀 더 맛있는 곳은 어차피 나중에 소개할 테니 일단 여기서는 눈요기만 해두는 편이 좋다. 어쨌든 어른의 유원지다. 조심할 필요는 없다. 우아한 척하면서 걷기만 해도 마음이 즐거워질 게 틀림없다. 질 좋고 종류가 풍부한 상품들은 한 번쯤 볼만한 가치가 있고 하루 종일 머물러도 지겹지가 않다. 다시 태어날 수 있다면 '르 봉 마르셰'의 지배인이 되고 싶다. 어이쿠, 이야기가 샛길로 빠졌다. 최근에 반찬 매장 옆에 간단히 식사를 할 수 있는 공간도 생겼다. 이보다 좋을 수는 없다. 그야말로 유원지……, 게다가 어수선하지 않고 분위기도 좋다. 공간은 어디든지 넉넉하다. 북적거리는데도 북적거리지 않는 것처럼 느끼도록 만드는 게 일류 백화점의 중요한 능력이다.

일본의 백화점은 상품이 청결하게 보이도록 연구한다. 거기에 비하면 프랑스의 그랑 마가쟁은 백화점인데도 양복 등을 마트처럼 어지럽게 늘어놓은 곳이 많다. 세일 기간일 때야 어쩔 수 없다고 해도, 평소에도 어수선한 건 받아들이기 어렵다.

어쨌든 일본의 백화점은 상당히 수준이 높다. 그런데 왜 일본인은, 나를 포함해서, 다들 프랑스 백화점을 더 좋아하는 것일까. 일본에 그렇게 훌륭한 백화점이 있으니 굳이 파리의 백화점이 아니더라도 될 텐데 말이다.

'르 봉 마르셰'에는 어떤 종류의 문턱이 있다. 백화점은 '오는 걸 거부하지 않는' 게 본래 모습이다. 그런데 '르 봉 마르셰'는 문은 활짝 열어두었지만, 손님을 능숙하게 선별하는 듯한 느낌이 있다. '르 봉 마르셰'에 가고 싶은 손님만이 그곳을 향하도록 조절했고, 그 때문에 젊은이의 모습이 다른 백화점에 비하면 현저하게 적다. 매장은 어디나 다 차분한 느낌이다. 점원은 사람에 따라 다르지만, 불쾌한 느낌을 받은 적은 별로 없다.

전체적으로 굉장히 세련되었다는 게 종합적인 평가다.

어디까지나 어른을 대상으로 하는 상품을 갖춰놓았다. 하지만 고급 브랜드는 그리 많지 않다. 이런 철저한 세련미가 예전 고객을 잃지 않고 계속 유지할 수 있는 프랑스인만의 비결이 아닐까. 모방하는 백화점이 따라잡지 못하는 이유는 이 세련됨에 있다.

셀렉트 숍이 크게 유행한 뒤 프랑스의 그랑 마가쟁도 클래피시의 영화처럼 대대적인 단장을 했다. '르 봉 마르셰'는 새 단장을 훌륭하게 해낸 유서 깊은 백화점으로, 전통과 지혜로 이룩한 기술이 담겨 있다. 이런 백화점을 찾을 때 나는 진정 풍요로움을 만끽한다.

'봉 마르셰'는 프랑스어로 '저렴한 시장'을 의미한다. 따라서 택시로 갈 때에는 반드시 정관사인 '르le'를 붙여야 한다. 프랑스어를 잘 모르는 친구가 "봉 마르셰로 가주세요."라고 했다가 어딘지 모르는 시장에서 내렸다고 한다. '저렴한 시장'이라고 해도 '르 봉 마르셰'는 결코 싸지 않다. 비싸지는 않지만 싸지도 않다는 점이 그랑 마가쟁의 매력이다.

내가 사랑하는 미술관 또는 레오나르도 후지타에 대해

미술관에 대해 이야기하는 것은 식문화에 대해 이야기하는 것보다 어렵다. 사람마다 취향이 달라서 그런지, 일전에 미국 친구에게 내가 좋아하는 미술관을 몇 곳 소개했더니, 딱히 끌리지 않는다고 했다. 그가 감동한 곳은 루브르, 오르세 같은 이른바 세계적인 대형 미술관이었다. 물론 루브르는 훌륭하다. 하지만 그곳은 미술관이라기보다는 박물관 아닌가? 프랑스어 뮈제Musée에는 미술관과 박물관, 두 가지 의미가 들어 있다. 일본어처럼 확실히 구분되어 있지 않다.

파리에는 뮈제가 많기 때문에 일주일 정도의 여행으로는 도저히 다 둘러보지 못한다. 파리에 처음 왔을 때 루브르를 찾았다. 하지만 몇 번이나 발길을 옮기는 사이에 점점 내가 좋아하는 미술관의 범위가 좁혀져서 그곳만 다니게 되었다. 예를 들어 로댕 미술관이었다가(이곳은 로댕의 작품이 아

로댕 미술관(Musée Rodin)
77, rue de Varenne 75007 Paris Tel : 01-44.18.61.10 http://www.musee-rodin.fr/

름다운 안뜰에 여기저기 놓여 있다. 미술품이 고급 액자 안에 들어 있는 게 아니라 햇살 아래 놓여 있다. 예술은 사실 이처럼 가까이에 존재한다. 미술에 따로 울타리를 치지 않는 파리의 이런 자세를 아주 좋아한다), 또 피카소 미술관이었다가 한다.

내가 미술관을 선택하는 기준 중 첫 번째는 미술관 그 자체를 좋아하느냐이다. 어디에 있는 미술관인지, 어떤 분위기를 풍기는지가 굉장히 중요하다. 그림이나 조각을 보는 것보다는 그곳에 가는 것 자체가 목적이다. 마치 미슐랭 가이드의 별이 세 개 붙은 레스토랑의 기준처럼 말이다. 그래서 로댕 미술관 안뜰에서 우두커니 시간을 보내는 것만으로 만족할 수 있고, 피카소 미술관 주위, 파리 분위기가 물씬 풍기는 골목을 산책하는 것만으로 가슴이 뭉클해진다.

지나친 탐욕에 사로잡혀 여기저기 보러 다닌다 해도 짧은 체류 기간에 파리의 예술을 모두 느끼기란 불가능하다. 그렇다면 여기다 싶은 곳을 정해서 개관 시간부터 폐관 시간까지 즐기는 편이 현명하다.

피카소 미술관(Musée National Picasso Paris)
5, rue de Thorigny 75003 Paris Tel : 01-42.71.25.21 http://www.musee-picasso.fr/

그리고 가능하면 관광 코스에서 떨어진 곳이 더 좋다. 혼잡하지 않아서 작품과 조용히 마주할 수 있는 곳, 거기서 여는 행사와 기획에 참여할 수 있는 곳, 좋아하는 예술가의 작품만을 단독으로 전시하는 곳이 좋다. 아무래도 특화된 미술관이 좋다. 6구 뤼 뒤 박Rue du Bac 역 근처에 있는 '마욜 미술관'은 내가 좋아하는 미술관 가운데 하나다. 하지만 그 미국인 친구는 이곳이 자기 취향과 전혀 맞지 않는다고 생각한 듯하다. 안타깝지만 감성이 달랐다. 아하하하, 그를 무시하는 게 아니라 개인차가 있다는 말이다. 예를 들면 마욜 미술관은 30분만 있으면 전부 둘러볼 수 있는, 쥐 죽은 듯 조용하고 자그마한 미술관으로, 꾸밈없고 욕심이 없다. 마욜이라는 조각가는 로댕과는 대조적으로 둥그스름하고 여성적이고 수수한 작품을 많이 남겼다. 소녀 취향이라고 하면 소녀 취향이다. 언뜻 소박한(?) 조각가라고 생각된다. 하지만 때때로 아, 하고 놀란다(정확히 말하면 소박하다기보다는 호손의 소설을 떠올리게 하는, 인간의 본질에 접근하는 소품이 많다). 조각 위로 고요히 내리쬐는 빛과 조각의 절묘한 조화. 엉겁결에 눈길이 멈

마욜 미술관(Musée Maillol Fondation Dina Vierny)
61, rue de Grenelle 75007 Paris Tel : 01-42.22.59.58 http://www.museemaillol.com

춘다. 그리고 정신을 차리면 피부가 느끼고 있다. 이런 경험은 흔하지 않다. 늘 전시되는 작품 중에서도 딱 하나, 레오나르도 후지타의 그림이 그렇다. 어두운 전시실의 움푹 팬 장소에 뚝 떨어져 걸려 있다. 찾아냈을 때 나도 모르게 소리를 질렀다. 요즘 푹 빠져 있는 화가이기 때문이다.

레오나르도 후지타, 본명은 후지타 쓰구하루. 프랑스에서는 굉장히 인기가 있는데 일본에는 그다지 알려지지 않았다. 일본의 고등학생 백 명에게 물었다. 후지타 쓰구하루라는 화가를 알고 있는가? 몇 명의 학생들이 알고 있다고 대답했을까. 일본이 낳은 세계적인 화가이지만 일본에서는 지명도가 낮아서 깜짝 놀랐다. 그는 제2차세계대전 후 프랑스에 귀화해서 레오나르도 후지타라는 이름으로 프랑스 사람들에게 사랑을 받았다. 내 동료들은 다들 그를 굉장히 좋아한다.

제1차세계대전 후 몽파르나스 주위에 정착해 애수에 가득 찬 작품을 많이 그린 외국인 화가들과 그 시대를 '에콜 드 파리'라고 하는데, 샤갈, 모딜리아니, 키슬링 등과 함께 반드시 후지타의 이름이 거론된다. 후지타는 모딜리아니, 피카소와 돈독한 우정을 쌓으면서 영향을 주고받았고, 독특한 유백색 바탕을 쓴 일련의 대표적인 작품군을 발표했다.

하지만 후지타는 그 한마디로 규정할 수 없는 굉장한 캐릭터의 소유자다. 여장을 해보거나 자기애Narcissistic에 자신을 투영해서 그림을 그려보거나 했다. 작풍에 지조가 없다는 부분은 피카소와 통하는데, 후지타는 외국인 특유의 시선과 풍부한 감성으로 파리를 사로잡았다.

레오나르도 후지타의 예전 아틀리에가 파리 교외의 빌리에르 바클Villiers–le–Bâcle에 있다. 자그마한 아틀리에지만 후지타가 살았던 시대의 숨결을 느낄 수 있다.

레오나르도 후지타를 포함한 에콜 드 파리 화가들의 작품전을 몽파르나스에 있는 미술관, 르 뮈제 뒤 몽파르나스Le Musée Du Montparnasse에서 여는 걸 발견했다. 사실은 이곳이 내가 가장 추천하는 미술관이다. 아주 작은 미술관으로, 미술관이라기보다는 화랑에 가깝다. 몽파르나스 근방의 어수선한, 마치 예술과는 아무런 관계가 없을 듯한 장소에 덩그러니 자리 잡았지만 분위기가 좋다. 담쟁이덩굴이 휘감은 건물은 화가의 아틀리에 같은 분위기인데, 실제로 같은 터에 화랑이 있

레오나르도 후지타의 아틀리에(Maison-Atelier Foujita)
7, route de Gif 91190 Villiers-le-Bâcle Tel : 01-60.91.91.91

몽파르나스 미술관(Le Musée du Montparnasse)
21, avenue du Maine 75015 Paris Tel : 01-42.22.91.96 http://www.museedumontparnasse.net

다. 10분 정도면 전부 돌아볼 수 있을 만큼 비좁지만 인간적이라고 할까, 누군가의 집에 걸려 있는 비장의 그림을 몰래 감상하는 듯한, 친근한 느낌에 가슴이 얼얼하다. 액자는 아주 값싼 것이지만 들여다보면 모딜리아니의 그림이거나 그렇다. 어쨌든 그곳에 계속 머물고 싶어지는 분위기를 지녔다. 화가의 아틀리에에 놀러 간 듯한 느낌이다.

관람객도 관광객이라기보다는 전 세계의 미술 애호가가 조용히 찾아오는 듯한 느낌이다. 기획전에 따라 전시되는 그림이 다르기 때문에 무엇을 기획했는지 미리 조사하고 가기 바란다.

레오나르도 후지타 이야기만 했는데, 좋아하는 화가의 뒤를 따라가는 여행은 참으로 흥미롭다. 지역을 좁혀서 방문하는 것도 좋을 것이다. 파리에서 자동차로 45분 거리에 있는 바르비종 근처도 예술로 가득하다. 몽파르나스 미술관보다 좀 더 작은 밀레 기념관도 추천한다. 밀리 라 포레라는 곳에는 콕토가 만든 샤펠Chapelle, 즉 영안실이 있다. 그리고 이곳에는 콕

밀레 기념관(Maison-Atelier Jean-François Millet)
27, rue Grande 77630 Barbizon Tel : 01-60.66.21.55

콕토 샤펠(Chapelle Saint-Blaise-des-Simples)
Angle de la route de l'Amiral-de-Graville et de la rue Jean-Moulin à Milly-la-Forêt Tel : 01-64.98.84.94

토 자신이 잠들어 있다. 파리에서 조금 떨어진 곳에 파리 생활에 지친 화가들의 피난처 같은 또 하나의 숨은 집이 있다. 그런 미술을 찾아다니는 여행 역시 재미나다.

미술관 이야기만 썼지만 사실 파리는 거리 자체가 예술이다. 가는 곳마다 건물 벽면에 추상적인 벽화가 그려져 있고, 19구나 20구의 다소 위험한 지역에는 힙합 그림이 넘쳐난다.

그 그림과 아직 정체를 정확히 파악하지 못했지만 길바닥에 초크 같은 것으로 귀여운 그림을 그리는 집단(?)이 있다. 작품은 아기 예수였다가 집이었다가 천사였다가 한다. 길을 걷다 보면 이따금 눈에 띄어 엉겁결에 발길을 멈추게 된다. 비가 내리거나 개가 실례를 하면 지워져버리는 작품들이지만 그 덧없음이 멋지다. 이것이야말로 예술이 아닐까.

오페라 지구는 그다지 좋아하는 편이 아니지만, 팔레 루아얄Palais Royal 주변에 있는 '지붕이 달린 자동차는 들어갈 수 없는 보도'인 '파사주 쿠베르Passage Couvert', 그곳만으로 이미 멋진 아트다. 갤러리 베로 도다Galerie Véro-Dodat와 갤러리 비비엔Galerie Vivienne 등 1830년대 전후에 만들어진 훌륭한 파사주를 걷는 것은 즐겁다. 철골과 유리를 조합한 지붕에서 채광

이 대리석 바닥에 반사되는 오전 중에는 사람도 적고 걷기에 좋다.

파리는 예술의 거리이지만, 반대로 그것이 프랑스 사람에게는 재앙일 수도 있다고 생각한다. 거리 전체가 미술품인 곳에서 태어나고 자랐다면 과연 예술가를 목표로 삼게 될까? 보기만 해도 배가 부르거나 지나치게 시야가 좁아져 무엇을 해도 만족할 수 없는 작가가 될지도 모른다. 주위를 둘러보고 도저히 못하겠다, 나에게는 그런 재능이 없다, 고 생각하는 사람도 있을 것이다. 나는 일본인이어서 다행이다. 그래서 무모하게 뭔가를 만드는 거라고 생각한다. 다소 불만이 있어야 그것을 바꿀 수 있는 사람은 자신뿐이라고 생각하게 된다. 분명 예술이란 심각한 착각에서 생겨나고, 그런 의미에서 예측할 수 없다.

파리의 독특한 점은 예술가에게 이곳이 천국인 동시에 무덤이라는 것이다.

웨이터와 친해져서,
자주 가는 카페가 생겨서,
Quést-ce que tu fais ce soir ?
CAFÉ
Vous êtes libre
demain
Hitonari

매일 드나들게 되자
파리가 또
새롭게 보인다.
On Va prendre un verre ?
Si on allait prendre un verre ?
CHATEAU
LE THIL
COMTE CLARY
PESSAC-LÉOGNAN
2001

비주의 감촉

인생은 사실 서로 접촉하는 전쟁이라고 나는 생각한다.

마음과 마음. 몸과 몸. 마음과 몸.

어떤 타이밍에 상대의 마음과 접촉하느냐가 가장 중요하다.

파리에서 살기 시작하고 프랑스 사람들과 조금씩 교류를 하면서, 물론 이것은 아주 최근의 일이지만 비주bisous라는 습관에 대해 당황스러움을 느낀 적이 있다. 눈을 똑바로 바라보며 이야기하는 데 겸연쩍음을 느끼는 일본인에게 비주만큼 쑥스럽고 가슴이 콩닥거리는 습관도 없다.

그런데 비주란 무엇인가?

외국 영화에서 종종 보는, 서로의 뺨과 뺨을 바싹 대는 일종의 인사를 비주라고 한다. 일본인에게는 고개를 숙이는 인사와 같다고 설명하면 될까. 뺨과 뺨을 바싹 대고 쪽, 하고 입술을 오므리고 하는 입맞춤 시늉. 악수보다 가깝고 입맞춤보다 가벼운 것이라고 하면 좋을까, 친한 사이에서 일상다반사로 주고받는 행위가 비주다.

놀랍게도 이 인사는 남녀 사이에서만 이루어지는 게 아니다. 과연 입맞춤의 대국 프랑스답다. 프랑스에서는 남자들끼리도 빈번하게 비주를 주고받는다. 일요일 오후 카페에서는 이웃인 초로의 신사들이 모여서 친목회를 연다. 종종 보는 광경이다. 다가온 사람과 기다리는 사람이 수염이 덥수룩한 얼굴과 얼굴을 바싹 대고 비주를 교환한다. 최근에는 익숙해졌지만, 처음 봤을 때에는 엉겁결에 굉장해, 호모 집단인가, 하고 착각했을 정도였다. 도대체 비주는 무엇일까. 악수만으로는 안 되는 걸까.

2003년 12월, 파리 교외의 몽트뢰유에서 도서전시회가 열렸다. 내 소설이 프랑스 청소년 잡지에 특집으로 소개되었고, 그 인연으로 몽트뢰유에서 강연회가 열렸다. 잡지 편집장은 도서전시회가 열리는 사흘 동안 나를 돌보아주었다. 헤어질 때 도서전시회 관계자들과는 악수를 했지만 순간적인 판단으로 그녀와는 비주를 했다. 지극히 자연스럽게 뺨과 뺨이 닿았다. 서로의 어깨를 가볍게 안고 뺨과 뺨을 좌우에 한 번씩 맞댔다. 나에게는 몇 번 안 되는 귀중한 비주 경험 중 하나이다. 잡지를 기획하고 완성하는 과정에서 많은 대화를 나누고, 몽트뢰유에서 나를 헌신적으로 안내해주고 강연회 사회까지 봐준 사람과는 악수로 끝낼 수 없었고, 나도 고마운 마음에 아주 자연스럽게 비주를 했다.

악수에서 비주로 바뀌는 순간, 마음의 변화가 어떻게 이루어지는지에 굉장히 관심이 많다. 처음 만난 사람끼리 비주를 하는 경우는 없다. 일반적으로 언제, 어떤 단계에서 악수가 비주로 바뀌는 건지 신경이 쓰였다. 이 잡지사 편집장과는 네 번째 만나서였다. 강연회를 성황리에 마친 그 마지막 순간에 비주를 주고받았다. 생각해보면 자연스러운 흐름이었다.

하지만 비주는 이별의 순간에만 주고받는 게 아니다. 악수처럼 얼굴을 보자마자도 한다.

그러고 보니 최근에 나는 만나자마자 갑자기 비주를 당한 적이 있다. 게다가 상대는 남자였다.

그날 나는 오페라 거리Avenue de l'Opera를 걷고 있었다. 그러다 자그마한 서점에 눈길이 멎었다. 프랑스에서 처음으로 내 책이 나왔을 때 파리의 서점 주인들과 아침 식사를 하는 모임(이쪽 출판계에서는 흔히 있는 이벤트)에 참석한 적이 있는데 그때 열성적인 서점 주인이 한 사람 있었다. 훗날 그 사람의 서점에 가봤더니 서점 앞에 내 사진이 걸려 있고, 만났을 때의 감상까지 자필로 써놓았다. 동양에서 온 망토 입은 남자라는 제목이었다. 나는 '꼼 데 가르송'에서 만든 길이가 긴 재킷을 입었을 뿐인데…….

서점 구조를 본 기억이 났다. 서점 앞에서 책을 정리하는 남자에게 눈길이 멎었다. 아아, 이곳은 그때. 나는 재빨리 앞으로 걸어가 이름을 말했다. 남자의 눈동자가 흔들린다. 알아보지 못한다. 나는 『하얀 부처Le bouddha blanc』의 저자라며 다시 한 번 이름을 댔다. 그러자 서점 주인의 눈이 반짝하더니 느닷없이 양 어깨를 잡고 쓰러뜨릴 듯한 기세로 비주를 했다. 내 허리가 뒤로 밀려났다. 수염이 따끔따끔 찌를 것 같은 격렬한 비주였다. 하지만 뭐랄까, 나는 여기서도 그만 감동하고 말았다. 그가 기뻐하는 크기는 독자의 마음에 나의 작품이 가닿았다는 훌륭한 증거이기도 하기 때문이다.

프랑스 사람들은 이런 식으로 만남의 기쁨을 솔직하게 몸으로 표현한다. 개중에는 뺨에 입을 맞추는 사람도 있을 정도다. 상당히 멋진 모습이지만, 그렇다고 해서 일본인이 내일 당장 따라할 수 있는 문제도 아니다. 조상 대대로 이어지는 접촉의 역사 속에서 가꿔온 풍습이다.

나의 비주 체험을 프랑스에서 10년 이상 생활해온 친구 Q에게 이야기했다. 그러자 놀랍게도 그는 아직 한 번도 비주를 경험한 적이 없다고 털어놓았다. 10년이나 이 나라에서 지냈는데 어째서 비주를 한 적이 없다는 걸까. 답은 간단하다. 그는 파리의 일본인 사회에서만 살았다. 그러면서도 프랑스인 애인을 간절하게 원하는 부류이기도 하다. 츠지 씨, 나도 비주를 경험하고 싶어, 하고 억지를 쓰는 그에게 나는 엉겁결에 그만둬, 그런 탐욕스러운 눈빛을 보이지 마, 라고 충고했다.

비주는 악수와 마찬가지로 상대와의 거리를 가늠할 수 있는 하나의 확실한 기준이다. 악수도 건성인지 마음이 깃들어 있는지 금세 알 수 있다. 틀에 박힌 악수에는 그만큼 거리감이 느껴진다. 비주의 경우에는 그 차이가 좀 더 확실하게 나타난다.

잘 관찰해보니 입술을 상대의 뺨에 갖다 대는 경우와 갖다 대지 않는 경우가 있다는 걸 알았다. 개중에는 입맞춤과 크게 차이가 없는 비주까지 있었다. 입술과 입술이 포개지는 게 아닐까, 이봐, 그건 입맞춤이야, 하고 불평하고 싶을 정도로 진한 비주도 있다. 그런가 하면 뺨과 뺨이 닿았는지조차 의심스러울 정도로 재빨리 해치우는 비주도 있다. 한쪽은 머뭇거리는데 한쪽은 열렬하게 재회를 기뻐하는 서글픈 비주도 있다.

하지만 과연 스킨십 대국 프랑스다. 상대에게 상처를 주지 않도록 신경 쓰는 데 천하일품이다. 프랑스 사람은 어느 누구와도 노련하게 비주를 함으로써 상대와의 관계를 멋지게 유지한다. 아무렇지도 않고 품위 있게, 아름답게 한다. 그것이 비주의 기본이고 인간관계를 키워나가는 세련된 훈련이기도 하다.

로댕의 생각하는 사람이 어느 쪽 다리에 팔꿈치를 올려두고 있는지, 어느 쪽 손으로 턱을 괴고 있는지를 금방 떠올릴 수 없듯이(금방이 아니더라도 떠오르지 않지만) 비주를 어느 쪽 뺨부터 해야 하는지 나는 짐작조차 할 수 없었다. 이것도 잘 관찰해보면 알 수 있지만 프랑스 사람 역시 당황할 때가 있는 듯하다. 어느 날 카페 앞에서 몇 사람이 이별을 아쉬워하고 있었다. 누군가가 비주를 시작했고, 그것이 모두에게 전염되었다. 그때 어느 남성과 여성이 서로 어깨를 끌어당긴 채 웃고 있었다. 같은 쪽으로 비주를 하려고 했던 것이다. 두 사람은 웃으면서 천천히 서두르지 않고 다시 한 번 비주를 주고받았다. 남자 쪽이 일부러 파놓은 유혹의 손길이었을 가능성도 있다. 만약에 그렇다면 썩 괜찮은 방법이다. 나도 모르게 웃음이 났다. 어차피 순서가 확실히 정해진 것은 아닌 듯하다.

그러고 보면 비주의 횟수 또한 수수께끼다. 좌우 한 번씩이라고 믿고 있었는데, 언젠가 누군가에게 좌우 두 번씩 비주를 하는 게 올바른 방법이라고 지적받은 적이 있다. 정말인지 아닌지는 모르겠다. 하지만 그 후로 나는 그 발언을 뒷받침하는 듯한, 좌우 두 번씩 하는 비주를 목격했다. 오른쪽 뺨, 왼쪽 뺨, 다시 한 번 오른쪽 뺨으로 돌아가고 그리고 왼쪽 뺨에 한다. 서로의 뺨이 좌우로 흔들릴 때마다 나도 모르게 탄식했다. 현명한 비주다. 상당히 보기 좋았다.

이렇게 말할 수도 있다. 프랑스에서 자연스럽게 비주를 할 수 있다면 당신은 이미 프랑스 사회의 어엿한 일원이라고 할 수 있다. 어느 나라에 가더라도 겁먹지 않고 다른 사람과 마주 대할 수 있을 것이다. 비주는 대인공포증을 없애준다. 비주를 노련하게 할 수 있다면 그 다음부터는 순조롭다. 신뢰의 실마리를 잡을 수 있고 자신감도 붙는다. 당연히 대화도 부드럽게 시작할 수 있을 것이다.

친구 Q는 비주를 하려고 지나치게 기를 쓰는 경향이 있다. 프랑스 사람도 그것을 간파하고 이 사람은 뭔가 위험하다는 느낌에 피하는 게 틀림없다. 아무튼 이 사람은 덤벼들 듯한 얼굴로 비주 기회를 간절히 노리고 있으니까 말이다.

그렇다고 해도 어느 정도 적극성이 없으면 비주 사회에는 뛰어들 수 없다. 쑥스러운 습관인 건 분명하지만 나는 이곳에서 프랑스 사람 특유의 대인관계 비법을 전수받았다.

어느 여성의 말에 따르면 프랑스 남성은 일본 남성보다 입맞춤을 10배는 잘하는 모양이다. 어릴 적부터 입맞춤이나 비주 세례를 경험한 덕분이라고 그 여성은 자신 있게 말했다. 설득력 있는 의견이지만 일본 남성으로서는 조금 억울하다.

프랑스 사람은 반드시 상대의 눈을 보고 건배를 한다. 대화를 할 때도 서로의 눈을 똑바로 보고 이야기한다. 부끄러움을 타는 일본인은 좀처럼 할 수 없는 습관이다. 일본에서 상대의 눈을 꼼짝 않고 바라보며 이야기를 하면, 이 사람이 나에게 마음이 있는 걸까, 하고 오해할 수 있다. 문화의 차이이기 때문에 무조건 어느 쪽이 좋다, 나쁘다고 할 수 없다. 하지만 자신의 마음을 똑바로 솔직하게 전한다면 일이든 교우 관계든 뭐든 잘될 것이다. 배워야 할 부분은 잘 배우고 싶다.

일본에 있을 때 '권태기'라는 단어를 종종 들었다. 그런데 파리에서 나이 지긋한 사람들이 카페 앞에서 당당하게 입맞춤을 하는 광경을 목격했다. 40대, 50대, 60대 커플이 손을 잡고 걷거나 포옹하거나 태연하게 입맞춤을 나눈다. 일본에서 그런 행동을 했다가는 색정광 취급을 받을 것이다. 하지만 파리에서는 이런 애정 표현이 허용된다. 지극히 자연스러운 일로서, 풍경의 일부로서 말이다. 어쨌든 파리는 사랑하는 사람들의 거리니까.

개나 고양이도 아닌데 쇠사슬로 묶어서 아무렇게나 내버려두는 건 사랑이라고 할 수 없다. 접촉하지 못한다는 것은 어딘가에서 사랑이 패배했다는 뜻이리라. 떠올려보기 바란다. 처음 만났을 무렵의 과격한 밤을. 그런데 지금은 접촉하는 일조차 없게 된다면…… 그건 아무래도 문제다.

인생은 사실 서로 접촉하는 전쟁이라고 나는 생각한다. 마음과 마음. 몸과 몸. 마음과 몸. 어떤 타이밍에 상대의 마음과 접촉하느냐가 가장 중요하다. 사람은 그 타이밍을 찾아서 살아가는 게 틀림없으며, 그 타이밍을 전혀 잡을 수 없을 때 이별을 경험한다.

비주를 계기로 싹튼 사랑도 있지 않을까. 그 짧은 순간에도 어떤 종류의 신호가 오가는 게 아닐까 한다. 주위에서 눈치채지 않도록 살짝 주고받을 수 있는, 비주는 어떤 의미에서는 합리적인 사랑 고백 방법이기도 하다. 그 마음을 담는 방식에 따라 비주는 단순한 인사도 되고, 사랑의 고백도 된다. 물론 그런 걸 진지하게 생각하는 프랑스 사람은 없겠지만. 음, 무의식적으로 기분은 전달된다. 비주가 매개가 되어 마음이 서로 통한 커플도 분명 많을 것이다. 이런 상상은 즐겁다.

현대를 살아가기 위해서는 상대의 마음을 어느 곳에서 간파하느냐가 문제이고, 또 중요하다. 비주는 멋진 교재이자 실천적인 훈련 방법이라고 할 수 있다. 비주를 발명한 사람의 상상력에 나는 환희를 느낀다. 프랑스에 맞선이 없는 건 비주 덕분일까?

그런데 실제로는 프랑스에도 맞선 비슷한 게 있다. 그 이야기는 다음 기회에.

아무리 스킨십 대국이라고 해도 다가서려고 노력하지 않는 자에게 행복이 웃음 짓는 일은 없다. 알았나, Q군.

프랑스의 출산 사정

일 잘하고 잘 쉬고 잘 놀고

연애도 잘하고, 그리고 출산도 잘하고 아이도 잘 키운다.

이것이 프랑스풍이리라.

일본에서는 시큼한 게 먹고 싶다고 하면 임신한 거 아니냐는 소리를 듣는데, 프랑스에서는 초콜릿이 그렇다. 그만큼의 차이가 프랑스와 일본의 출산에는 있다. 출산 사정의 차이를 비교하면, 신기할 정도로 두 나라의 차이가 보인다.

일본의 경우 검진을 받을 때부터 출산할 때까지 한 병원에 다니지만, 프랑스의 경우 제일 처음 하는 일은 의사를 찾는 것이다. 의사 개개인은 병원과 제휴를 맺고 있고, 임산부는 최종적으로 주치의의 진료를 받고 그 주치의가 제휴한 병원에서 아이를 낳는다. 그 전까지는 의사 개인 진료소에서 검진을 받게 된다. 게다가 초음파진단은 주치의가 소개한 전문의가 있는 곳에서 받아야 한다. 출산하기 전까지 초음파검사를 몇 번 받는다. 혈액 검사도 다른 장소에서 이루어진다. 약은 처방전을 가지고 약국에서 타온다. 완전한 분업 시스템이 성립되어 있는 점도 프랑스 출산 사정의 특징이다.

퇴원할 때 청구서를 보고 다시금 놀란다. 돈은 모두 개개인에게 각각 낸다. 주치의는 물론 소아과 의사, 조산사, 마취의 등에게도 개별적으로 지불한다. 물론 병원에도 낸다. 책임 소재를 알기는 쉽지만 수표(프랑스에서는 보통 수표로 지불한다)를 몇 번이나 끊어야 하는 게 큰일이라면 큰일이다.

우리는 제일 먼저 우수한 프랑스 여의사를 찾기 시작했다. 아내는 여의사가 진료해주기를 희망했다.

닥터 X는 초로의 여의사로 이 세계에서 명의로 알려져 있지만 안타깝게도 몇 년 전을 끝으로 더는 아기를 받지 않는다고 했다. 부탁 끝에 우리는 이 의사를 다시 현장에 복귀시켰다.

사람의 인연은 참으로 신기하다. 얼굴도 몰랐던 프랑스 여의사가 아시아에서 온 우리의 아기를 받아주었으니 말이다.

일본 의사와 프랑스 의사의 큰 차이점은 프랑스 의사는 그다지 적극적으로 세심하게 설명해주지 않는다는 것이다. 일본에서는 일주일에 한 번꼴로 꼼꼼하게 검진하지만, 프랑스에서는 한 달에 한 번만 검진한다. 아무런 이상이 없으면 출산까지 일곱 번의 검진으로 끝난다.

프랑스 의사가 상세하게 설명하지 않는 건 임산부에게 쓸데없는 걱정을 시키지 않기 위한 배려이다. 물론 질문을 받으면 대답은 해주지만 문제가 없으면 '사바Ça va', 즉 괜찮다는 말만으로 끝이다.

일본에서 보내온 출산 지침서와 그 분야의 잡지를 읽고 있노라면 두려울 정도로 여러 가지 사고와 질병에 대해 자세하게 적어놓았다는 생각이 든다.

일본 의사들은 늘 최악의 경우를 대비해서 검진에 신경을 쓴다. 사고가 나면 뭐든지 다 의료 과실로 의사에게 책임이 돌아가는 일본에서는 그럴 수밖에 없다고 의사인 친구가 털어놓았다. 어느 쪽이 좋은지는 알 수 없다. 유비무환이라는 한자성어가 있다. 어느 쪽이 좋다 나쁘다가 아니라 이것은 국민성의 차이이리라.

우리는 닥터 X의 진료소에 다니는 한편 동시에 프랑스어를 습득하기 위해 노력했다. 영어는 조금 할 수 있지만 프랑스어는 미지의 언어다. 동사 변화만으로도 머리가 어떻게 될 지경으로 복잡한 프랑스어. 그래도 열심히 했던 건 이곳 프랑스에서 아이를 낳아 키우고 싶은 마음이 있었기 때문이다. 물론 그 노력은 지금도 계속되고 있고 앞으로 더욱더 노력해야 한다.

재미있는 에피소드가 하나 있다. 프랑스어 특별 훈련과 출산 준비에 쫓기던 어느 날, 우리는 초음파검사를 하러 진료소에 갔다. 초음파로 태아의 모습을 보고 있던 의사가 뜬금없이 혹시 궁금하다면 태아의 성별을 알려주겠다는 말을 꺼냈다. 나는 당연히 알려달라고 대답했다. 그러자 의사는 커다란 목소리로 "가르송." 하고 외쳤다. 그 목소리가 너무 컸던 탓도 있다. 나는 의사의 웃는 얼굴에 빨려 들어가듯 해냈다, 하고 크게 소리를 질렀다. 아내가 킥킥 웃으면서 정말로 기쁘다고 말했다. 여자아이를 바라고 있던 나는 가르송의 '가르' 부분에 반응해서 여자아이로 착각했던 것이다. 물론 가르송은 남자아이를 말한다. 아주 창피했다.

프랑스어는 확실히 늘었지만 동시에 이런 혼란도 일어났다. 그럴 때마다 우리는 침울해졌다.

그래도 마지막에는 통역 없이 분만실에 들어가 우리의 어학 실력만으로 무사히 출산을 마쳤다. 그건 분명 감동적인 순간이었다.

출산할 때 프랑스와 일본의 가장 커다란 차이점은 무엇일까. 한마디로 말해서 마취를 하느냐 안 하느냐가 아닐까. 프랑스에서는 마취를 하는 이른바 무통분만으로 출산한다. 무통분만은 프랑스에서는 일반적이다. 마취 기술도 상당히 발전한 모양이다. 의무는 아니기 때문에 무통분만을 하지 않는 사람도 물론 있다.

아내는 출산 직전에 마취 의사와 면담을 했다. 그때 알레르기에 대한 질문을 받았다. 간단한 문진으로, 30분도 채 걸리지 않았다. 당일은 마취 의사가 분만실에 와서 아내의 등에 마취 관을 꽂았다. 어쨌든 경막외강에 직접 바늘을 꽂는 것이라, 그 순간만큼은 조금 아픈 듯했다. 하지만 아픔을 느낀 건 그 순간뿐이고, 그 뒤로는 일본의 산모처럼 극심한 출산의 고통을 느끼지는 않았다고 한다.

마취관은 수술이 끝날 때까지 계속 꽂아둔 채였고 중간에 한두 번 마취약이 투약되며, 수술 후 의사가 마취관을 뽑으면 끝이다. 그 과정이 너무 싱거워서 조금 놀랐다. 하지만 그 위력은 혀를 내두를 만했다.

우리가 가장 걱정했던 건 일본에서 흔히 쓰는 '배 아파서 낳은 아이'라는 말이 가리키듯, 괴로워하며 아이를 낳을수록 어머니와 아이가 일체감이 있다는 일본적인 사고방식에 대해서였다. 산모가 마취를 하면 아기가 태어나는 순간을 인식할 수 없지 않을까 하는 걱정이 있었다. 하지만 어떤 기술을 사용했는지, 마취를 했어도 아기가 나올 때의 아픔과 산도를 내려오는 느낌까지 똑똑히 인식할 수 있었다고 한다. 출산할 때의 그 찢어질 듯한 고통은 줄어든다. 없어지는 게 아니라 아픔은 아픔대로 느끼지만 참을 수 있는 범위라고 한다. 요컨대 마취를 해도 산모는 아기가 태어날 때 다양한 감각을 느낄 수 있다는 것이다.

투약량을 절묘하게 조절하는 것이 분명하다. 그래서 마취약을 집어넣는 관이 수술 중에도 줄곧 꽂혀 있는 것이리라. 프랑스의 무통분만이 발전하고 있다는 증거이다.

안전성은 어떨까. 마취하기 전에 우리는 이에 대해 몇 번이나 의논을 거듭했다. 사고가 일어나지 않을까, 하는 질문에 담당 의사는 없다고 자신 있게 대답했다. 같은 질문을 다른 일본인 의사에게 해봤다. 마취 바늘이 경막외강을 뚫고 들어가 골수가 흐르는 골수강까지 도달해 합병증을 일으킬 위험이 있다고 했다. 그 밖에도 여러 가지 문제가 있어서 일본에서는 일부 병원을 제외하고는 무통분만 시술은 거의 하지 않는다고 한다. 일본의 산부인과는 늘 일손이 부족한 듯한데, 기술 문제보다도 구조적인 문제가 큰 모양이다. 한편으로는 배가 아파서 아이를 낳는다는 옛 전통이 뿌리 깊이 박힌 탓도 있다.

불안하긴 했지만 우리는 이왕 프랑스에 왔으니 프랑스의 방식을 시도해보자고 합의했다.

농담까지 튀어나올 정도로 출산할 때의 분위기는 화기애애했다.

조산사는 우리의 더듬거리는 프랑스어에 필사적으로 귀를 기울여주었다. 아기가 나올 때까지 우리는 그날 처음 만난 조산사와 잡담을 했다. 일본과 프랑스의 문화 차이, 프랑스에서 아기를 키울 때 주의할 점, 유행하는 텔레비전 프로그램에 대해서까지. 분만실이라고 생각되지 않을 정도로 여유로운 분위기였다.

출산이라는 커다란 이벤트가 다가오는데도 필요 이상의 긴장감은 없었다. 허물없는 사이가 된 아내와 조산사는 이윽고 출산 연습을 시작했다. 조산사가 호흡 방법을 알려주었다. 곧 담당의사가 오고 어느덧 아기가 태어났다.

프랑스는 요즘 유례없는 출산 붐이 일어나서, 어디를 봐도 임산부 천지다. 더구나 이 사람이 아기를 낳는다고? 하고 놀랄 정도로 나이 지긋한 사람이 배를 감싸 안고 병원을 다닌다. 아내는 출산 직전에 병원에서 주최하는 어머니교실에 다녔다. 나도 때때로 따라갔는데, 아내보다도 젊은 임산부는 기껏해야 한 사람뿐이었다. 나머지는 모두 40대 전후로 보였다. 의외로 노산인 사람이 많은 것도 특징이다. 사회에서 마음껏 일한 뒤 쫓기듯 출산하는 게 유행인 듯하다. 인생을 충분히 누리려는 프랑스인다운 사고방식이기도 하다.

일 잘하고 잘 쉬고 잘 놀고 연애도 잘하고, 그리고 출산도 잘하고 아이도 잘 키운다. 출산도 잘한다고 표현하니 조금 이상하지만 이것이 프랑스풍이다. 인생은 그 누구의 것도 아니다. 자기 것이다. 그러므로 일단 자신의 인생을 충분히 누리며 살기 위해 프랑스 여성들은 온 힘을 기울인다. 그리고 아직은 출산이 가능한 아슬아슬한 나이에 아이를 낳는다. 고령 출산에 불안함이 생기지 않도록 의료 측면에서 지원 체제가 빈틈없이 마련되어 있는 것도 프랑스의 특징이다.

일하는 여성들의 출산휴가 제도는 어느 선진국에도 뒤지지 않을 정도로 충실하다. 처음 낳은 아이 한 명에 대해서는 출산 전에는 6주, 출산 후에는 10주, 쌍둥이의 경우 36주 동안 출산휴가 제도가 인정된다. 아이가 또 있다면 그 숫자에 따라 출산휴가는 곱절이 된다. 남편도 아내가 출산할 때 사흘, 아기가 태어난 뒤 4개월 이내에 최대 연속 11일 동안 출산휴가를 인정받는다.

출산 전의 조용한 생활이 마치 거짓말인 것처럼, 출산 후에는 하루하루 굉장히 빠르게 흘러가고 있다. 아기의 기저귀를 갈아주고 목욕을 시키고 달래고 재우고 우유를 줄 뿐인데, 벌써 아이가 태어난 지 1년도 더 되었다. 언젠가 『외국에서 아이 키우기』라는 책을 쓸지도 모르겠다.

파리에는 말이지. 굴뚝 숫자만큼 가족이 있다.

ÉDITION ★ 2005

PARIS

PRATIQUE

PAR ARRONDISSEMENT

Roxy

태초에 말씀이 계시니라

언어를 터득하면 여행도 바뀐다.

여행은 생활에 변화를 주고 생활은 삶에 변화를 준다.

그때 인생은 또 하나의 다른 얼굴을 드러낸다.

프랑스에서 살기 시작한 지 1년이 되었다. 그런데 여전히 언어를 습득하느라 고생하고 있다. 여기서 살아가기 위해서는 먼저 말을 배울 필요가 있다.

기본 영어 회화 정도라면 할 수 있다. 하지만 프랑스어는 완전히 백지상태다. 처음부터 시작해야 한다. 2003년 이맘때는 프랑스 사람이 무슨 말을 하는지 전혀 알아듣지 못했다. 마치 미지의 음악처럼 그저 말이 울려 퍼지고 있었다.

머지않아 단어가 귓속에서 형태를 만들고, 그것들이 점차 이어져 문장이 되었다. 최근에는 가까스로 이런 말을 하는구나, 추측할 수 있을 정도가 되었다. 물론 의미를 완전히 이해하고 있는 건 아니지만 말이다.

택시를 타는 경우 이렇게 이용하는 방법도 있다. 목적지에 도착할 때까지 나는 늘 운전기사에게 적극적으로 말을 붙인다. 그들은 생생한 프랑스어 선생님이기 때문이다. 처음에는 날씨 이야기가 좋다. 실마리는 얼마든지 있다. 이야기하기 좋아하는 운전기사라면 듣기 연습이 된다. 말수가 적은 운전기사라면 이쪽에서 자꾸자꾸 말을 건네서 회화 연습 상대로 삼으면 된다.

"프랑스어는 참 어려워요. 열심히 공부하고 있는 중입니다." 하고 미리 말해두면 잘못된 문법을 친절하게 지적해주는 사람도 있다. 배운 지 얼마 안 된 문법은 택시에서 즉시 써본다. 의문문을 배운 뒤라면 질문을 퍼부어보자. 이것이야말로 과외수업이다. 지불한 택시비의 본전은 충분히 건질 수 있다.

그래도 프랑스어는 어렵다. 유럽의 언어 중에서도 가장 어렵다고 한다. 동사 변화도 극심하다.

"어째서 그렇게 되는데?"

교과서를 향해 고함치고 싶어질 정도다. 인칭과 시제에 따라 변하기 때문에 단어 하나의 변화가 30개 이상이나 된다. 원형(부정사), 과거분사, 현재분사까지 있다. 왜 이렇게 변하는 걸까, 하는 푸념이 무심코 튀어나온다. 명사도 까다롭다. 남성명사, 여성명사로 나누어져 있다. 또 거기에 따라 관사도 달라진다. 남성명사는 앞에 '르le'를 붙이고, 여성명사는 '라la'를 붙이는 식이다.

왜 이 단어가 남성명사이고, 여성명사인지 하는 이유는 존재하지 않는다. 여성명사와 남성명사를 무조건 모조리 다 외워야 한다. 외우지 않으면 대화가 제대로 이루어지지 않기 때문이다. 그뿐만이 아니다. 앞 단어의 어미와 다음 단어의 어두가 강제로 접속하는 번거로운 '연음liaison'이라는 규칙까지 있다. 아무리 단어를 외워도 골치 아픈 연음법칙 때문에, 알아듣기도 어렵고 머릿속도 복잡해진다. 또 그 밖에도 지긋지긋한 용법이 산더미처럼 쌓여 있다.

내 프랑스어는 너무 허술해서 무시당하기 딱 좋은 재료다. 마흔 넷이나 되었는데 프랑스에 와서 달걀 하나도 변변히 살 수 없고, 관사를 잘못 써서 점원들에게 비웃음을 당한다. 점원이 마지막에는 병아리 흉내를 내고, 닭이 낳은 알이냐고 조롱했다. 분하다. 무시하지 말라고 쏘아붙였어야 할 순간에 메르시, 하고 인사하는 한심함이란. 으흑흑……. 그날은 단어장을 껴안고 잠이 들었다. 외국어로 싸움을 할 수 있다면 어엿한 어른이 된 것이 아닐까.

프랑스에서 오랫동안 살고 있는 일본인 친구들은 종종 프랑스 사람과 말다툼을 벌인다. 자기주장을 확실히 하지 않는 사람은 이 나라에서 살아가기 어렵다. 사고를 일으켜도 절대로 먼저 사과해서는 안 된다는 말을 듣는 곳이 프랑스다. 일본인 친구들은 프랑스 사람들과 멋지게 논쟁한다. 함께 있으면 조마조마하기 짝이 없지만 서로 터놓고 말한 뒤에는 후련하게 털어버린다. 그 자리에서는 어물어물 넘어가고 두고두고 분해하는 나 자신이 창피하다. 그냥 메르시, 하고 말해서는 안 된다.

상대의 이야기를 조금씩 이해하고 대응이 가능해지자, 그 순간 세계가 넓어지는 것 같은 기분이 들어 신기했다. 두려워서 벌벌 떨다가는 말을 배우지 못한다. 계속해서 사회 속으로 들어가 사용하고 외우는 수밖에 없다.

나를 무시한 마트 점원들과도 지금은 사이가 좋아졌다. 그러자 어느 날 그들은 생생한 프랑스어 선생님으로 탈바꿈했다.

외국어를 배우기 시작하면 모국어에 대해 재발견하게 되는 부분이 있다. 프랑스어에 뒤지지 않을 정도로 일본어가 어려운 언어라는 사실을 프랑스에서 깨달았다.

일본어를 배우는 프랑스 사람이 이런 질문을 한 적이 있다.

"'파리를 걷는다'고 말하는데 왜 '를'이죠? '공원에서 놀다'가 '에서'라면 '파리를 걷는다'는 정확히 말해서 '파리에서 걷는다'가 되어야 하는 게 아닌가요?"

처음에는 이 사람이 무슨 말을 하는 건지 몰랐다. 잠시 생각하고 간신히 이해가 되었다. 물론 상황에 따라서는 '파리에서 걷는다'라고도 할 수 있지만 이런 표현은 조금 이상하다. 확실히 일본어의 '에서, 에, 을(를), 은(는)'은 성가시다.

'사람을 좋아한다', '고향을 그리워한다'의 '을'도 외국인에게는 어렵다. 일본인은 어릴 때부터 무의식적으로 사용하는 까닭에 헷갈리는 경우는 없지만, 왜 그런지를 말로 설명하기는 쉽지 않다. 특히 외국인에게는…….

마찬가지로 프랑스어에도 그저 외우는 수밖에 없는 부분이 있다. 그런 부분은 아이가 자연스럽게 외워가듯 감각과 몸으로 기억하는 편이 좋다.

일본어도 프랑스어도 모두 긴 역사가 있다. 격조사로서의 '을(를)'은 나라시대와 헤이안시대부터, 처음에는 자동사와 함께 사용되었다. 현대에는 타동적 의미의 동사와 호응해서 목적격으로 비슷한 활용을 한다. 심정과 가능의 대상을 나타내는 '을(를)'은 예전에는 '가(이)'가 일반적이었다. '글자를 쓸 수 있다'의 '를'도 그랬다.

그렇다면 '파리를 걷는다'의 '를'은 어떻게 설명하면 좋을까. 이 '를'은 동작이 이동하는 장소, 지속하는 시간을 나타내는 조사인 듯하다. 프랑스어로는 '에스파스 파르쿠뤼espace parcouru', 즉 공간 이동이라고 해야 할까. '하늘을 난다', '길을 재촉한다' 등이 있다.

프랑스어에 '사 데팡 데 장Ça dépend des gens'이라는 말이 있다. '사람에 따라 다르다'는 의미인데 정말 자주 듣는 말이다. 가장 프랑스인다운 감각을 지닌 말이라고 할 수 있다.

예를 들어 일본에서는 남과 다른 행동을 하는 사람은 '백안시한다'. 그런데 이 '백안시한다'는 말은 일본을 잘 드러내고 있다. 나는 종종 백안시당한다. 붉은 눈이나 노란 눈으로 무시당한 적도 있다. 그렇게 별난 인간인데도 프랑스에서는 평범하다.

'사람에 따라 다르다'.

모든 것은 이 한마디로 다른 것과 다르지 않게 된다. 사람의 도리를 어기지 않으면 된다, 사람이 자기 마음대로 살아가는 것에 대해 이러쿵저러쿵 말하는 게 아니다, 라는 의미로 해석된다. 인권선언 국가다운 면이 엿보인다. 이 말은 때로는 '국가에 따라 다르다'로 바뀌고 '종교에 따라 다르다'로 변화한다. 굉장히 편리한 말이다. 프랑스 사람은 자신과 다른 사고방식의 인간과 맞닥뜨렸을 때 약간 어깨를 움츠려 보이며 "샤데팡 데 장."이라 말한다.

반대로 프랑스어에서 그다지 들을 수 없는 말이 '임기응변'이나 '임기응변을 발휘하다'와 같은 종류의 말이다. 이런 말은 참으로 일본인다운 사고방식인 모양이다.

얼마 전에 엘리자베스 여왕이 프랑스를 방문했다. 만찬회 자리에서 여왕이 프랑스어로 이야기를 해 깜짝 놀랐다. 그것도 상당히 우아한 프랑스어였다. 듣기로는 유모가 프랑스 사람이었다고 한다.

프랑스어를 유창하게 하는 미국인도 많다. 우디 앨런이 프랑스어로 자신의 신작에 대해 이야기할 때도 무척 놀랐다. 우디 앨런이 일본어를 유창하게 하는 모습을 상상해보길 바란다. 그 정도로 놀랐다. 미국인은 외국어로 이야기하지 않는 국민이라고 믿고 있었기 때문이기도 하다. 내가 텔레비전에서 본 바에 따르면 조디 포스터, 모니카 벨루치 등도 아름다운 프랑스어로 이야기했다. 이렇게 되면 나 역시 갑자기 열정이 불타오른다. 좋아, 멋지게 이야기할 수 있도록 하겠어.

어쨌든 어학이다. 이 나이에 어학 때문에 괴로워할 거라고는 상상조차 못했지만, 인간은 평생 공부해야 한다고 생각한다. 그 나라의 말을 공부하면 국민성을 잘 이해할 수 있다. 내 주위에는 포르투갈어와 그리스어를 공부하는 사람도 있다. 왜 포르투갈어를 배우냐고 물었더니 아무도 안 배우니까, 라고 대답했다. 아무도 간 적이 없는 장소라고 하는 것처럼 들렸다. 과연 어학 습득은 가장 손쉬운 해외여행이다.

내 친구 가운데 게이인 남성이 있다. 일본에 있을 때는 회사원 차림에 평범한 말투를 썼다. 그는 자신을 속이며 살아가는 게 지긋지긋해서 견딜 수 없었다고 회상한다. 그래서 과감하게 일본을 뛰쳐나갔고, 지금은 당당하게 여성스러운 말투를 사용한다.

K군 집에 초대받아 불고기를 배불리 먹은 적이 있다.

"난 말이지, 사람들이 그런 눈으로 보는 게 싫었어. 나에게는 평범한 일인데도 다들 금세 다른 눈으로 보잖아. 사람은 전부 사 데팡Ça dépend(경우에 따라 다르다)이야."

'사 데팡'이란 '사 데팡 데 장'을 비꼰 말이다.

그러고 보니 K군에게 지적을 당한 적이 있다. 어떤 대화 도중 나는 무심결에 말했다.

"나는 스트레이트straight(호모가 아닌 사람—옮긴이)라서 네가 하는 말의 의미를 잘 모르겠다."

그러자 K군이 말했다.

"저기, 히토 짱. 스트레이트라는 말로 우리와 구별하려는 건 여기서만 해. 그건 차별이야. 나도 스트레이트니까. 아니면 내가 구부러졌어? 그런 말을 하려면 나는 헤테로섹슈얼이라서 잘 모르겠다고 해."

역시 호모섹슈얼의 반대는 헤테로섹슈얼인가. 사람은 자기도 모르는 사이에 남의 인권을 침해한다.

단골 카페에 가면 정해진 시간에 사이좋게 차를 마시는 중년 아주머니들이 있다. 어느 날 내가 아기를 안고 커피를 마시고 있는데, 한쪽 여성이 아들의 얼굴을 들여다보더니 "트레 미뇽Tres mignon.", 즉 굉장히 귀엽다고 말했다.

잠시 세상 돌아가는 이야기를 하다가 두 사람이 부부라는 사실을 알았다. 둘 다 남편과 헤어진 뒤에야 깨달았다고 한다. 그때까지는 자신들이 설마 동성을 사랑하리라고는 생각지도 못했다고 한다. 두 사람에게는 각각 데려온 자식이 있었다. 참으로 '사 데팡'한 이야기이다.

물론 그 이야기는 거기까지 했다. 난처한 부분을 꼬치꼬치 캐묻지 않는 것도 프랑스식이다. 거기에는 타인이 침범할 수 없는 정확한 경계선이 있다.

사람에 따라 다르다는 사고방식에 용기를 얻은 듯한 기분이 든다. 주위 사람들과 어울리지 못하고 자기혐오에 빠져 지내는 사람에게 더할 나위 없이 좋은 암시가 되는 말이기도 하다. 70억이나 되는 사람들이 살아가는 이 세계에서 가장 괴로운 것은, 비슷한 틀에 집어넣어져 비슷한 경쟁을 해야 하는 것이다. 왜 인간은 태어나면서부터 비교를 당하는 동물인 걸까. 타인의 눈에서 자유로워지기란 쉽지 않다. 나는 최근에 그 사실을 절감했다.

성숙한 사회에서는, 인간은 타인으로부터 독립되어 있다.

프랑스어를 배우면서 인생에 대해 배우는 부분이 있다. 언어에는 어쩌면 국가보다도 긴 역사가 있고, 민족의 지혜와 역사와 삶의 방식이 진하게 배어 있는지도 모른다. 그래서 말을 배우는 것이 더 재미있다. 표현 하나에 감동하고, 과연, 하며 어느새 감탄한다. 이 나이가 되어서도 아직도 깨닫지 못한 것 투성이다. 몰랐던 것투성이다.

이런 나도 5년 후에는 분명 프랑스어를 유창하게 이야기할 수 있겠지. 아니, 그렇게 될 거라고 믿고 싶다.

언어를 터득하면 여행도 바뀐다. 여행은 생활에 변화를 주고, 생활은 삶에 변화를 준다. 그때 인생은 또 하나의 다른 얼굴을 드러낸다.

태초에 말씀이 계시니라.

자그마한 선물에 대해서

여행 기념품까지는 아니더라도, 모처럼 파리에 왔는데 직장 동료와 친한 친구에게 뭐라도 사가지고 가야겠다고 생각하는 사람이라면 분명 여행지에서 고민을 할 것이다. 예산은 한정되어 있지만 줘야 할 사람은 많은데……. 어떻게 해야 할지. 난감하다.

나는 종종 파리의 생활을 엿볼 수 있는 자그마한 선물을 사들고 갔다. 별것 아니지만 받은 상대가 에헤헤, 하고 엉겁결에 웃을 수 있는 물건이다. 그렇다면 그런 물건은 어디서 구할 수 있을까. 싸고 부담 없고 더구나 상대를 기쁘게 만들 수 있는 물건. 프랑스에는 어디든지 있지만 일본에서는 구하기 어려운 물건. 자, 그건 도대체 어떤 물건일까?

그런 물건은 일상생활 가까이에 있다. 애비뉴 몽테뉴의 고급 부티크 거리가 아니라 서민적인 상점가에 있다. 백화점보다는 마트 같은 곳에 있다.

참고로 파리에는 편의점이 없다. '윗타 위트8 à huit'라고 비슷한 곳은 있다. 하지만 세븐일레븐 같은 편의점과 달리 오전 8시부터 오후 8시까지 영업을 한다는 점이 정말로 프랑스답다……. 대신 마트가 많이 있다. 자주 가는 곳은 '모노프리monopri인데, 이곳은 일본으로 치면 다이에 또는 피콕에 해당한다. 식료품부터 생활용품까지 전부 구비하고 있다. 그리고 좀 더 작은 곳이 '쇼피shopi'인데 고급품은 없지만 프랑스의 일상을 엿보기에는 좋은 곳이다. 그보다 더 작은 곳이 '프랑프리franprix이고, 아주아주 서민적인 편의점 같은 곳이 '카지노Casino', 'G20'라고 할 수 있다. 교외에는 대규모 양판점인 '까르푸Carrefour' 등이 있다.

그리고 이를테면 '모노프리'에는 식료품부터 잡화까지 뭐든 다 있다. 자그마한 백화점이란 느낌으로, 그곳에 가면 상당히 즐겁다. 이곳 과자 매장에서 맛있어 보이는 과자를 잔뜩 사서 화려한 비닐에 하나씩 포장하고 리본을 매서 선물하면 어떨까.

누가 뭐래도 프랑스다. 무시할 수 없다. 어쨌든 맛에 까다로운 프랑스 사람이 날마다 먹는 일용품이니까 맛이 없을 리 없다. 예를 들어 납작한 판초콜릿 같은 건 정말로 많이 쌓여 있다. 종류도 많다. 맛도 꽤 좋다. 네슬레 등 여러 가지가 있지만 코끼리 마크가 붙은 초콜릿을 우리 집에서는 애용하고 있다(여기서 나오는 송로 버섯 판초콜릿이 맛있다). 구운 과자 가렛도 좋은 선물이 될 수 있다. 버터가 잔뜩 들어 있어서 향기롭다. 아, 생각났다. 선물로 딱 좋은 게 있다. 글리코의 포키Pocky. 프랑스에서 이 제품은 좀 더 멋들어지게 포장되어 미카도MIKADO라는 이름으로 팔린다. 재미있어할 게 틀림없다. 프랑스를 엿볼 수 있는 자그마한 물건, 열거하려면 한이 없지만 조금 더 소개해보겠다. 예를 들어 요리할 때 사용하는 머스터드. 아모라AMORA 제품 가운데 가장 싼 물건. 1유로도 하지 않지만 정말로 맛있다. 맵지도 않고 마요네즈 같아서 바게트에 발라 햄이라도 끼워놓으면 제법 프랑스 분위기가 난다!

마트만이 자그마한 선물의 보고는 아니다. 서점도 둘러보길 바란다. 파리에는 재판再販 제도가 없기 때문에 사진집이나 화집을 할인해서 판매한다. 전문점도 꽤 있다. 나는 50퍼센트 할인된 가격으로 에드워드 호퍼를 구입했다.

생제르맹 데 프레 교회 바로 옆 '카페 되 마고Café deux Magots' 이웃에 있는 '라 윈La Hune'은 현대 예술, 건축, 데생 서적의 보고다. 9구에 있는 '시네 독Ciné Doc'에서는 영화 잡지 과월호도 구할 수 있다. 요리 관련 서적 전문점은 5구의 '리브레리 구르망드Librairie Gourmande'다. 참고로 나는 생 미셸에 있는 '지베르Gibert'에서 프랑스어 교과서를 구입한다.

잡지도 선물로 좋은데, 일반 서점에는 잡지를 갖다 놓지 않는다. 잡지를 구하려면 잡지 전문점으로 가야 한다. '프레스PRESSE'라고 노란 간판이 붙어 있다. 선물로는 일본에서 발간되지 않는 잡지도 괜찮지만 지도가 좋을 것이다. 지도라면 어디서든 살 수 있다. 주유소에 딸려 있는 잡화점을 둘러보는 것도 좋다. 우리가 보통 파리에서 이용하는 지도는 찾아보기 쉬운 크기의 '프라티크Pratique'인데 선물로는 좀 더 작은 프랑드 파리Fran de Paris를 추천한다. 손바닥 크기로 부피가 크지 않아 책상에 놓아두어도 멋지다.

일반 서점에서 산다면 어린왕자 원서가 적당할 듯하다. 맞다, 만약에 당신이 책을 아주 좋아하는 사람이라면 아끼는 책을 특별 장정해, 세계에서 하나밖에 없는 책으로 만드는 건 어떨까. 나는 내 소설의 프랑스어판을 특별 가죽 장정본으로 만들어서 모으고 있다. 가지각색의 제본소가 있는데, 오데옹 거리에 '아틀리에 랑베르 바르네트Atelier Lambert Barnett'라는 17세기부터 내려오는 전통 서점이 있다. 가격은 상당히 비싸다. 결코 싸지 않기 때문에 그런 면에서는 권하기 어렵지만, 소중한 책을 좀 더 소중한 한 권으로 만들 만한 가치는 있다.

문구 선물도 괜찮지만, 안타깝게도 문구점에는 일본제품이 가장 많다. 만년필은 외국제품이 더 좋기 때문에 프랑스 문구점에서는 구경만 하고 오리지널 디자인에 신경을 쓰는 전문점에 가기 바란다. 예를 들어 '르 봉 마르셰' 옆에 있는 '북 바인더스 디자인BOOKBINDERS DESIGN'이라는 문구점을 추천한다. 나는 언제나 여기서 대량으로 문구류를 구입한다. 조금 비싸지만 이곳 노트와 바인더는 정말 귀엽다. 자신을 위한 선물로도 좋다.

와인은 프랑스가 본고장이기 때문에 오히려 어떤 걸 구입해야 좋을지 몰라 고민하게 된다. 와인 전문점cavé에 가는 편이 가장 좋다. 이왕 파리까지 왔는데 힘내서 좋은 물건을 사기 바란다. 파리에는 지구마다 그 지구를 대표하는 와인 전문

아틀리에 랑베르 바르네트(Atelier Lambert Barnett)
4, rue Monsieur le Prince 75006 Paris Tel : 01-46.33.08.84

북 바인더스 디자인(BOOKBINDERS DESIGN)
30, rue du Bac 75007 Paris Tel : 01-42.22.73.66 http://www.bookbindersdesign.com

점이 있다. 8구에 있는 1850년에 창업한 '오제Augé'의 진열상품은 눈이 휘둥그레질 정도다. 오랜 역사가 느껴지는 내부가 장엄한 가게다. 천장부터 통로까지, 비좁을 정도로 와인이 진열되어 있다. 한번 볼만한 가치는 있다. 영어로도 응대해주니 안심해도 된다. 꼭 사지 않더라도 구경만 해도 감동적이다. '니콜라Nicola'라는 저렴한 와인 체인점이 파리를 석권하고 있지만, 개인적으로는 아무래도 완고한 노인이 혼자서 꾸려나가는 개인 상점을 추천한다.

향신료 가게는 6구에 '다 로자Da Rosa'가 있다. 향신료뿐만 아니라 올리브오일부터 양념까지 고급 식료품은 뭐든 다 있다. 6구에서 권하고 싶은 건 건포도 초콜릿raisin chocolate이다. 어째서냐고? 정말로 맛있기 때문이다. 예전에 이 근방에서 살 때 우연히 발견했는데, 최근에 일본 잡지에도 소개되었다. 소문으로는 신주쿠 백화점에서도 이 건포도 초콜릿을 구할 수 있나 보다.

오제(Caves Augé)
116, bd Haussmann 75008 Paris Tel : 01-45.22.16.97

다 로자(Da Rosa)
62, rue de Seine 75006 Paris Tel : 01-40.51.00.09 http://www.darosa.fr

파르마시Pharmacie라고 쓰인 곳은 약국이다. 이곳도 선물의 보고다. 초록색 십자 간판이 특징이다. 립크림의 품질이 좋은 모양이다. 아기 장난감도 꽤 알찬데, 단순하고 싸고 귀엽다. 아기가 있는 사람에게 가장 알맞은 선물인지도 모른다. 또 담백한 남자친구에게라면 피임기구le préservatif는 어떤가? 프랑스 제품으로 사랑을 불태우자고 짓궂게 말해보는 건? 의외로 좋은 건 발뒤꿈치 각질을 제거하는 도구다. 일본에서는 가벼운 돌로 제거하는데, 프랑스에서는 스틱 모양으로 되어 있어서 사용하기 쉽고 디자인이 세련되었다. 대단하지는 않지만 조금 색다른 느낌이다.

음, 누군가를 위해 구입하는 건 이 정도로 충분하다. 모처럼 놀러 왔으니까 자신을 위한 물건을 사야 한다. 응? 무엇을 사야 할지 모르겠다고? 설마! 거기까지는 조언해줄 수 없다.

잠 폴 에뱅 Jean-Paul Hévin은 일본에도
있다. 하지만 매주 금요일(아니면 토요일),
아마도 가을에만 만드는 듯한
몽블랑이 참 맛있다.
하지만 오전 중에
다 팔린다.
JEAN-PAUL HÉVIN
Les Goûts
Les Sensations et Les Plaisirs
LA PETITE ROSE
11. bd. de Courcelles
8e PARIS
LA PETITE ROSE
라 프티 로즈
일본인 파티셰
와타나베
미유키 씨의
라 프티 로즈도
맛있다!
8구에
있다!
초콜릿은 말이지, 7구에 있는
미셸 쇼덩 Michel chaudun 파베의
팬이다. 하지만 이외에도 아몬드와
프랄리네 praliné (사탕과자-옮긴이) 덩어리를 밀크초콜릿으로
코팅한 자바 JAVA도 좋아한다. 파리에 처음 왔던
20년 전에는 라 뒤레에서 감동을 받았다. 하지만
지금은 여기저기에 맛있는 초콜릿 가게, 과자 가게가
있다. 걷다 보면 쉽게 마주칠 수 있다.

Truffe blanche et
Noisettes
(biscuit macaron,
éclats de noisettes
du Piémont grillées,
Crème de truffe blanche)

↑ 아저씨 그림으로 실수를 감춘다.

MACARONS

PIERRE HERMÉ

어쨌든 맛있는 마카롱에는 사족을 못 쓴다. 라 뒤레에도 장 폴 에뱅에도 맛있는 마카롱이 있다. 하지만 가장 좋아하는 건 뭐니 뭐니 해도 피에르 에르메 파리PIERRE HERMÉ PARIS다!

특히 하얀 송로 버섯과 누아제트truffe blanche & noisette (송로 버섯 크림 안에 열매가 박혀 있음-옮긴이) 마카롱은 일품이다! 꼭 맛보기를 바란다!!

바캉스는 어떻게 할 건가?

살림살이를 들고 나가는 걸 바캉스라고 한다.
생활하면서 여행을 한다. 이것이야말로 여행이라고 느꼈다.

여름이다. 기다리고 기다리던 여름이 또 찾아왔다. 여름에는 바캉스다!

프랑스의 바캉스 열기는 굉장하다. 7월과 8월에는 파리 길거리에서 프랑스 사람이 한꺼번에 싹 사라진다. 거짓말이 아니다. 파리지앵은 다들 어디론가 자취를 감춘다. 2003년에는 내가 사는 건물 관리인까지 사라져서, 한 달 이상 쓰레기장에 쓰레기가 방치되는 엄청난 사태가 벌어졌다. 불평을 터트리고 싶어도 관리인이 없어서 어쩔 도리가 없었다. 하긴 다들 자취를 감춰서 불평조차 나오지 않는다. 남아 있던 우리가 쓰레기장을 청소하는 처지가 되었다. 맙소사.

이 기간 동안 파리에 있는 사람은 외국인 관광객과 관광객을 상대로 일하는 사람, 그리고 사람이 사라진 건물과 도로를 수리하는 아프리카 사람들 또는 도둑인 셈이다. 아무튼 주민들은 다들 어디론가 사라진다. 쥐 죽은 듯 고요한 파리를 좋아하는 사람에게는 오히려 이 시기를 권한다. 하지만 유명 레스토랑은 대부분 문을 닫기 때문에 파리 본연의 재미를 만끽하기는 어렵다. 더구나 덥다.

노동시간이 법률상 주 35시간으로 정해져 있기 때문에, 프랑스 사람들은 점점 일하지 않게 되었다(최근 프랑스 정부는 이 법률을 원래대로 돌려놓으려고 기를 쓰고 있다. 기업의 실적이 저하되는 경향이 있는 모양이다). 경영자는 프랑스인 근로자에게 주 35시간 이상 일을 시키지 못한다. 초과근무는 상상조차 할 수 없다. 주 35시간은, 하루 단위로 계산하면 일주일에 이틀을 쉬고 하루에 7시간 일하는 것이다. 부럽다고나 할까. 나는 작가이므로 이 기준과는 상관없지만, 그래도 주위 사람은 일하지 않는데 나만 일하는 건 어쩐지 손해를 보는 듯한 기분이 든다. 그래서 최근 일하는 시간을 줄였다. 그 편이 반대로 능률이 오른다는 사실을 깨달았다. 일을 지지부진하게 끌지 않고 정해진 시간 내에 마무리하려고 애쓰는 덕분이다. 웬일인지 프랑스 사람들은 다들 활기차다. 살기 위해서 일한다. 또는 놀기 위해서 일한다. 즐기기 위해서 일한다는 게 프랑스 사람의 신조다.

일본인이 사용하는 바캉스라는 외래어는 프랑스의 바캉스와 의미가 조금 다르다는 생각이 든다. 일본에서는 회사원이 여름에 한 달이나 두 달 정도 회사를 쉬는 경우가 없다. 일본에는 4월 마지막 주부터 5월 첫째 주까지 골든 위크라는 긴 연휴가 있지만, 기껏해야 열흘 남짓한 기간이다. 그리고 여름의 백중맞이 연휴는 겨우 사흘이다. 확실히 일본 사람은 지나치게 일을 많이 한다. 이래서는 무엇을 위한 인생인지 알 수 없다.

프랑스 아이들에게는 늘 바캉스가 찾아온다. 봄, 가을, 겨울에도 2주 정도의 바캉스가 있어서 부럽다. 일할 때는 일한다. 그러나 일하지 않을 때는 전혀 일하지 않는 게 프랑스인의 생활방식인 듯하다. 하루 평균 12시간은 일하던 일중독인 내가 프랑스에서 살기 시작하면서 제일 먼저 고쳤던 건 일과 놀이의 선긋기였다. 나의 인생을 되돌아보며 비로소 실수를 깨닫고 나서야 잃어버린 인생에 망연자실했다. 하지만 지금이라도 늦지 않았다. 인생은 한 번뿐이고 한없이 짧다. 있는 힘을 다해 즐기지 않으면 손해다.

2002년에는 친구들과 자동차로 남프랑스를 돌아다녔다. 마르세유에서 가까운 바닷가 마을에 지트라는 방갈로를 빌려 모두 함께 음식을 만들며 장기간 머물렀다. 2003년에는 라 로셸La Rochelle이라는 항구도시에서 지냈다. 2004년에는 아이도 함께 가긴 하지만, 자동차도 샀으니 프랑스를 한번 떠나볼 생각이다. 유럽은 지금 하나의 공동체다. 통화도 공통이고 여권도 필요 없다. 외국에 간다고 해도 같은 유럽에서는 일본으로 치면 현경縣境을 넘는 정도면 다른 나라에 갈 수 있다. 자동차 내비게이션도 유럽 전역에서 쓸 수 있고, 어디든 길이 쭉쭉 연결되어 있다.

요즘은 일본에서도 자동차 뒤쪽에 붙어 있는 J마크 스티커를 발견할 수 있는데, 그것은 일본의 J를 의미한다. F는 프랑스, I는 이탈리아, D는 독일이다. 스티커를 보면 어느 나라에서 왔는지 한눈에 알 수 있다. 고속도로에서 교통 체증에 사로잡혔을 때 나라 맞히기 놀이를 종종 했다. 다양한 국가의 사람들과 만날 수 있어서 교통 체증마저 즐거웠다.

때때로 창문을 열고 옆 자동차 사람에게 말을 걸 때도 있다. 이탈리아인이나 영국인과 더듬거리는 영어로 이야기를 나눈다. 그리고 나 같은 경우에는 기타를 꺼내서 내 노래를 부른다. 무서운 걸 모른다고나 할까, 진짜 철면피이다. 하지만 창피해하고 있으면 지루하기만 할 뿐이다. 고속도로가 별안간 공연장으로 바뀐다. 바캉스 중에는 무엇을 해도 흥겹다. 다들 즐기고 싶어서 어쩔 줄을 모르는 상태이니까 말이다.

남프랑스 폰타네스 숲속에서 지트를 빌렸을 때는 참 즐거웠다. 친구들과 번갈아 식사 준비를 하고 물건을 사러 나가고, 탁구를 치거나 바비큐 파티를 하거나 자전거를 빌려서 숲을 돌아다니거나 노래하거나 수영을 했다. 근처에 있는 와인 양조장에 견학 가거나 폰타네스를 베이스캠프로 삼고 바닷가 도시, 카시스까지 드라이브를 했다. 물론 별하늘 아래에서 소설을 쓰기도 했다. 단순한 여행과는 조금 다르다. 살림살이를 들고 움직이는 것이다.

일본인의 휴가는 짧다. 그래서 당연히 여행도 단기간이 된다. 짧기 때문에 금세 불타오른다. 예를 들어 3박 4일 여행이라면 사흘 동안 잠도 자지 않고 아침부터 밤까지 신나게 노는 식이다. 나리타공항에 돌아오면 노인처럼 축 늘어진다. 겨우 사흘인데 타임머신이라도 탄 듯 몇 주인 것처럼 느껴진다. 피로도 엄청나다. 그런 게 여행인가, 하고 생각했다. 일본의 바캉스와 프랑스의 바캉스는 엄청난 차이가 있다.

바캉스는 한 달이나 두 달 단위의 장기 체재형 '여행'이다. 그곳에는 생활이 있다. 파리에서 하던 것과 마찬가지의 일, 쇼핑, 요리, 생활이 그대로 이동한다. 요컨대 살림살이를 들고 나가는 걸 바캉스라고 한다. 생활하면서 여행을 한다. 이것이야말로 여행이라고 느꼈다. 그런 여행 경험이 별로 없었기 때문에 나는 바캉스에 완전히 빠져들었다.

바캉스 시기에는 종종 캠핑카를 보게 된다. 거대한 캠핑카가 유럽 전역에서 모여든다. 분명 살림살이를 가져가는 여행이다. 침대든 욕조든 뭐든 들고 간다. 캠핑카가 줄지어 달려가는 모습을 본 적도 있다. 그야말로 장관이었다. 그들은 모두 한곳에 모여 바캉스를 즐길 것이다. 어느 바닷가에 마을이

뚝딱 생긴다. 상상하다가 나도 모르게 흥분했다.

그렇다. 프랑스를 여행하려면 오베르주Auberge를 이용하는 게 좋다. 오베르주는 레스토랑과 호텔이 결합된 곳을 말한다. 아무래도 별이 붙은 레스토랑에서 운영하는 호텔이 좋을 것이다. 프랑스를 만끽하기에는 최적의 방법이다. 맛있는 요리를 먹기 위해 여행을 하는 건 프랑스인다운 사고방식이라고 생각한다. 부르고뉴 지방을 돌아다닐 때 머물렀던 오베르주가 꽤 좋았다. 별이 두 개 붙은 레스토랑으로, 셰프는 젊은 사람이었다. 호텔 자체는 결코 호화롭지 않았지만 담담한 고급스러움이 있어서 여유롭게 지낼 수 있었다. 맛있는 요리가 제공되고, 한 사람당 150유로 정도였다. 별이 두 개 붙은 레스토랑에서 식사도 가능하고 아침 식사까지 포함인 데다 와인 역시 맛있어서 여행을 마음껏 즐길 수 있었다. 그런 숙소가 프랑스 전체에 수없이 많다.

그렇다면 여기서 잠깐 소개하겠다. 별이 세 개 붙은 레스토랑은 어떤 곳인가? 그곳은 파리에서 일부러 자동차나 전철, 비행기를 타고 가더라도 먹을 만한 가치가 있는 요리를 내놓는 레스토랑을 말한다. 여행을 해서라도 갈 만한 가치가 있는 레스토랑이야말로 별 세 개짜리로 빛날 수 있다. 요컨대 요리는 여행의 목적이 충분히 될 수 있다. 프랑스 사람의 이런 사치스러운 취향이 바캉스 열기를 가져온 것인지도 모른다. 삶을 즐기는 것을 독일어로는 '프랑스에서 신처럼 생활한다'고 말한다. 유럽인도 놀이문화에 대해서는 프랑스인을 본받으려고 한다. 과연 프랑스 사람은 여행을 하며 먹는 것에까지 문화적인 가치를 부여하기 때문에 위대하다. 위대하다는 말로 칭찬을 하며 마무리하겠다.

요즘에는 다양한 레스토랑 가이드북이 나오기 때문에 가이드북끼리 비교하는 것도 좋을 것이다. 최근 미슐랭 가이드 전직 조사원이 뒷이야기를 폭로해서 물의를 빚긴 했지만, 그래도 아직은 이 맛집 가이드북에 신비한 매력이 있다. 발행처가 타이어 회사인 미슐랭이기도 하고, 자동차를 타고 최대한 멀리 가게 해달라는 바람에서 미슐랭 가이드는 창간되었다. 타이어와 요리를 연관 지은 부분이 프랑스인다운 재미난 발상이다. 이런 의외의 조합이 프랑스의 미식문화를 부추겼다고 해도 과언이 아니다. 경쟁 잡지의 출현과 갖가지 비판, 폭로에도 아랑곳하지 않고 이 맛집 가이드북은 해마다 50만부나

팔린다. 우와, 프랑스 사람의 바캉스 열기가 얼마나 대단한지 가히 짐작이 가지 않는가.

물론 별이 붙은 레스토랑만이 여행의 묘미는 아니니다. 좀 더 서민적인 곳에야말로 여행의 묘미가 숨겨져 있다. 예를 들면 빵과 소시지(마른 소시지) 또는 치즈의 경우가 그렇다. 치즈는 프랑스에만 4백 종류 이상이 있다. 각지의 치즈만 맛보는 여행도 재미있다. 샹파뉴 지방의 랑그르, 부르고뉴 지방의 에프와스 치즈. 아아, 에프와스의 치즈 냄새는 도저히 견딜 수가 없다. 그렇다, 그 냄새를 잊어서는 안 된다. 와인! 와인을 찾아다니는 여행도 즐겁다. 2003년에 부르고뉴 지방의 샤토 Château(와인을 저장해놓은 성곽—옮긴이)를 아주 많이 돌아다녔다. 샹파뉴에서는 모엣 & 샹동Moet & Chandon과 뵈브 클리코Veuve Clicquot의 와인 저장소도 둘러보았다. 다음에는 보르도, 코트 뒤 론Côtes du Rhône 주변을 돌아다니고 싶다.

이야기가 샛길로 빠졌지만, 어쨌든 여름은 바캉스의 계절이다. 꼼짝 않고 있으면 손해다. 인생이 아깝다. 지금 나의 목표는 유럽을 자동차로 돌아다니는 것이다. 스페인과 포르투갈,

스위스, 이탈리아, 네덜란드, 영국 주변은 사정거리에 있다. 고속도로가 잘 정비되어 있으므로 어디든 갈 수 있다. 유럽연합이 확대되고 있으니 이왕이면 회원국은 전부 돌아다녀보고 싶다. 프랑스어를 습득하면 다음에는 스페인어, 그리고 이탈리아어, 또 포르투갈어…….

비행기 티켓도 상당히 저렴해졌다. 요즘 유럽에서는 가격 파괴가 이어지고 있다. 저가 항공사인 이지제트라는 곳이 있다. 대형 광고를 자주 보는데, 분명 파리에서 이탈리아까지가 30유로 정도였다. 이게 비행기 요금이다. 요컨대 택시로 파리에서 샤를 드골 공항에 도착할 때까지의 요금으로 이탈리아에 갈 수 있다는 말이다. 물론 몇 개월 전에 예약을 해야 한다. 빨리 예약할수록 저렴해지는 구조다.

이탈리아까지 4천 엔 정도로 갈 수 있다면 표를 못 쓰게 되더라도 일단 예약해보자고 다들 생각하는지, 여름 바캉스철은 모든 노선이 만석이다. 그러니 일찌감치 예약하기 바란다. 아무튼 이런 요금으로 비행기를 탄다는 게 놀라웠다.

이탈리아에 사는 친구들은 종종 이지제트를 이용해서 파리에 온다. 기내 서비스는 전혀 없다. 그저 타고 오기만 하는 것이다. 그래도 유럽이라면 어디를 가든 기껏해야 두세 시간이면 된다. 서비스 같은 건 필요 없다고 생각하는 사람에게는 편리할지도 모른다. 좌석은 엄연히 있다. 이러다가 입석으로 편도 10유로짜리 표가 나올지도 모르겠다.

사치를 부릴 때는 과감하게 사치를 부린다. 하지만 필요 없는 부분은 작정하고 아낀다. 영리하게 여행하고 인생을 충분히 만끽하고 싶은가. 그렇다면 꾸물거리지 말고 나가보자. 관광지를 둘러보는 게 아닌, 인생을 발견하는 또 하나의 바캉스를 가자! 차오Ciao(또 만납시다).

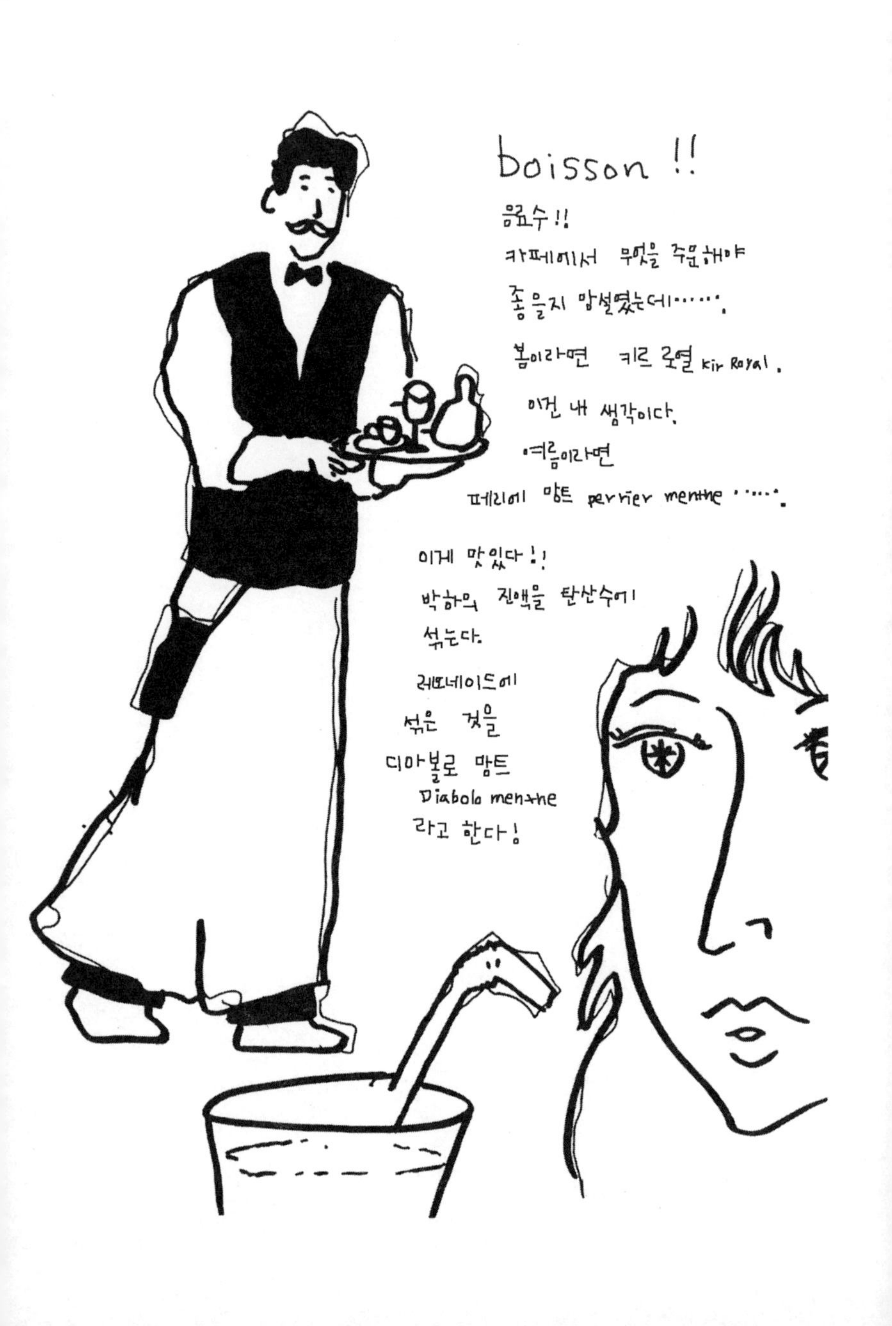
boisson !!
음료수!!
카페에서 무엇을 주문해야
좋을지 망설였는데…….
봄이라면 키르 로열 kir Royal.
이건 내 생각이다.
여름이라면
페리에 망트 perrier menthe…….
이게 맛있다!!
박하의 진액을 탄산수에
섞는다.
레모네이드에
섞은 것을
디아볼로 망트
Diabolo menthe
라고 한다!

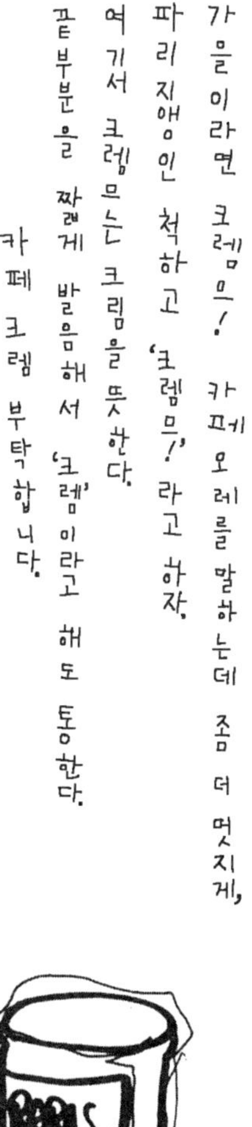

가을이라면 크렘므! 카페오레를 말하는데 좀 더 멋지게,
파리지앵인 척하고 '크렘므!'라고 하자.
여기서 크렘므는 크림을 뜻한다.
끝부분을 짧게 발음해서 '크렘'이라고 해도 통한다.

카페 크렘 부탁합니다.

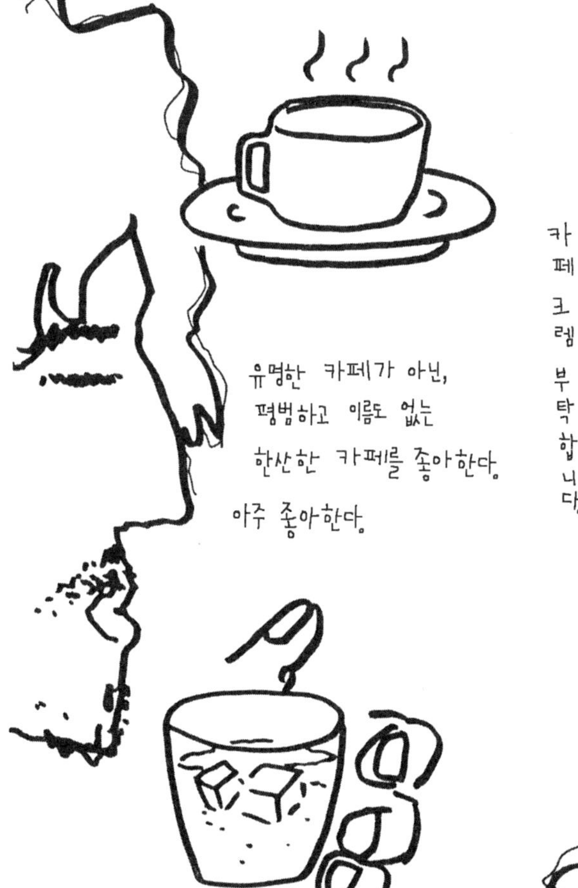

유명한 카페가 아닌,
평범하고 이름도 없는
한산한 카페를 좋아한다.
아주 좋아한다.

카페는 자신을 되찾는 장소다.

코끝을 톡 쏘지 않는 고추냉이

고추냉이에서 코를 톡 쏘는 성분을 빼버리는 프랑스에서
진정한 고추냉이의 매움과 맛을 이곳 사람에게
어떻게 하면 전할 수 있을까?
일본 사람이 지니고 있는 섬세한 정서를
어떻게 하면 이해시킬 수 있을까?

〈르 피가로〉지의 조사에 따르면 프랑스 사람이 신뢰하는 동맹국 1위는 독일로, 그 신뢰도는 82퍼센트라고 한다. 미국은 이라크 전쟁의 영향으로 10년 전보다 15포인트나 떨어져 신뢰도가 55퍼센트가 되었다. 그런데 일본은 신뢰도가 21퍼센트에서 37퍼센트로 상승했다. 오른 건 기뻐할 일이지만 그래도 37퍼센트는 다소 낮은 감이 있다. 프랑스 사람이 일본 사람을 어떻게 생각하는가 하는 점이 마음에 걸린다.

프랑스라고 하면 먼저 패션이 떠오른다. 그다음에는 프랑스 요리다. 와인과 치즈, 초콜릿. 인권선언의 나라, 나폴레옹 황제. 또 많은 미술품과 예술가가 탄생한 나라. 일본인이 프랑스라는 말을 듣고 떠올릴 수 있는 이미지는 여러 가지가 있다. 하지만 프랑스 사람의 내면에 대해서는 그다지 잘 알지 못한다. 어떤 사고방식을 갖고 있는지, 어떤 사람들인지. 일본 사람이 좋아하는 프랑스, 그리고 프랑스 사람이 좋아하는 일본, 이 차이를 비교하는 건 양쪽 모두에게 흥미진진한 일일 것이다.

나는 여기 파리에서 갖가지 신기한 일본과 맞닥뜨렸다. 일본 같지만 일본이 아닌 듯한 것들과 말이다.

2003년 봄에 소르본 대학교에서 열린 '사르트르와 선禪'이라는 제목의 강연회에 나도 참여했다. 사르트르와 선이라는 개념이 어떻게 연결되는지 명쾌하게 알지 못한 채 나는 단상 위로 올라가서 잠시 이야기했다. 질의응답 순서가 되자 누군가가 손을 들었다. 질문을 하나 보다 생각했는데 그 사람은 선에 대한 지론을 펼쳐놓기 시작했다. 선에 대해 아무것도 이야기할 수 없었던 나보다도 그 프랑스 사람 쪽이 선에 대해 훨씬 상세하게 알고 있었기 때문에 부끄러웠다.

선은 'ZEN'이라고 표기하는데, 지금은 프랑스어로 바뀐 듯한 느낌이 든다. 아시아 느낌이 나고 정갈한 것이라면 뭐든 이 단어를 사용한다. 이불布団도 'ZEN'이고, 풍경風鈴도 'ZEN'이다. 소르본 대학교 교수들과 관련되면 사르트르도 'ZEN'이 되는 걸까.

생활 속에 '선'을 가지고 있는 일본인에게는 다소 어색하게 보이겠지만, 유색 유도복이 당연해진 지금은 동양의 '선'도 유럽으로 건너가 'ZEN'으로 탈바꿈했다.

그 밖에도 프랑스에 녹아 들어간 일본어가 꽤 있다. 예를 들면 '다타키'가 그렇다. 가다랑어 살을 다진 다타키, 그 다타키 말이다. 단골 프렌치 레스토랑에 다타키가 주요리에 당당하게 올라 있다. 비슷한 음식으로, 다져서 으깬 어육인 '스리미'가 있다. 프랑스에서 스리미는 삶은 게를 의미한다. 그리고 'SURIMI'라고 표기한다. 또 '쓰나미(해일)', '이지메(괴롭힘)', '망가(만화)' 등 열거하려면 한이 없다. 쓰나미 같은 의외의 단어가 프랑스에서 시민권을 얻어서 깜짝 놀랐다.

하지만 모든 프랑스인이 일본을 올바르게 이해하고 있다고는 도저히 생각할 수 없다. 그건 모든 일본인이 프랑스를 올바르게 이해하지 못하는 것과 같다. 난감한 일본의 모습은 여러 가지가 있다. 오해를 받는 일본의 모습도 적지 않다.

프랑스에는 일본음식 붐이 일어나서, 가는 곳마다 초밥집이 있다. 오데옹 거리에서 뤽상부르 공원을 향해 남쪽으로 가면 무슈 르 프랑스 거리가 나오는데, 좌우에 초밥집이 줄줄이 늘어서 있다. 가게 이름도 '자포자포'나 '마이도아리도우' 등 이상야릇한 것투성이다. 나오는 음식은 어디나 다 틀에 박힌 듯 초밥과 꼬치구이, 튀김뿐이다. 일본인 손님은 거의 없다. 가게에 들어간 순간 금세 알아차렸다. 일단 점원이 일본인 손님과는 눈을 맞추려고 하지 않는다. 일본어로 인사를 하면 안절부절못한다. 모습은 일본 사람 같은데, 이런, 이상하잖아.

일본어가 아무하고도 통하지 않아서 국적을 물으니 중국 사람 또는 베트남 사람이라고 대답했다.

일본 초밥이라고 생각하지 않는 편이 좋다. 완전히 다른 'SUSHI'라고 생각하면 나름대로 그럭저럭 괜찮다. 고추냉이는 전혀 코를 톡 쏘지 않는다. 프랑스 사람은 매운 걸 잘 먹지 못하기 때문에 코를 톡 쏘지 않도록 개량했기 때문이다. 이탈리아에서 만든 서부극 마카로니웨스턴을 생각하면 된다. 프랑스에서 생겨난 'SUSHI'. 음, 이것도 생겨나야 할 것이라 생겨난 건지도 모른다.

파리에서 살기 시작한 지 얼마 안 되었을 무렵, 일본의 맛이 그리워 견딜 수가 없어서 그런 초밥집에 뛰어 들어간 적이 있다. 손님은 아무도 없고 여성 혼자 가게를 지키고 있었다. 나와 아내는 점원을 물끄러미 바라보았다. 안녕하세요, 하고 인사를 건네자 여점원은 쓴웃음을 지으며 우물거렸다. 괜찮을까, 하고 아내가 말했다. 나는 뭐든 경험해보자고 했다. 무더운 날이었기 때문에 평범한 초밥은 그만두기로 했다. 나는 여점원에게 오신코마키おしんこ巻き(소금과 된장에 절인 채소에 밥을 넣어 말은 것—옮긴이)가 있냐고 프랑스어로 물었다. 그러자 그 여성은 "오친코おちんこ(남자아이의 성기—옮긴이)?" 하고 되물었다. 거짓말같이 들릴지도 모르지만 진짜다(품위가 없어서 미안하다). 없나 보다, 하고 나는 웃음을 참으며 아내에게 말을 건넸다. 아내도 고개를 푹 숙이고 그런가 봐요, 하고 말끝을 흐렸

다. 하지만 그 여점원은 아랑곳하지 않고 바로 여기저기 전화를 걸기 시작했다. 그녀는 커다란 목소리로 '오친코'를 연발했다. 이제 됐다며 주문을 취소하려고 했지만 여점원은 들은 체도 안 했다. 15분 정도 지나 스쿠터 한 대가 가게 앞에 멈춰 섰다. 비닐봉지를 든 남자가 내려서 여점원을 향해 '오신코!' 하고 의기양양하게 소리쳤다. 여점원은 웃는 얼굴로 주방으로 들어가 그 남자와 함께 요리를 만들기 시작했다. 이윽고 김밥 같은 오신코마키가 탁자 위에 짠! 하고 놓였다.

"분명 태어나서 처음 만든 오신코마키일 거야." 하고 나는 말했다. 아내는 각오를 단단히 했다. 여점원은 끝까지 우리 곁에서 떠나려고 하지 않았다. 어쩔 수 없이 나는 용기를 내어 오신코마키를 입에 집어넣었다. 사각사각. 진짜 오신코마키였다. 내가 맛있네, 하고 말하자 아내가 어디 어디, 하며 먹어보았다. 여점원이 웃었다. 그들은 캄보디아에서 온 부부였다. 열심히 노력하는 모습에 어쩐지 마음이 찡해졌다. 그 사람의 친절함에 마음이 푸근해졌다. 그렇다고 우리가 다시 그곳을 찾은 적은 없지만 말이다.

프랑스 사람 대부분은 그들이 집어든 '초밥SUSHI'을 일본의 초밥이라고 생각한다. 어떤 사람들은 일본인이 모두 중국어를 할 수 있다고 생각하고, 개중에는 한국과 일본 땅이 이어져 있다고 믿는 사람도 있다. 음, 눈살을 찌푸릴 건 없다. 반면 일본과 아시아에 대해 우리보다 상세하게 아는 사람들도 있으니까. 우리는 도대체 프랑스에 대해 얼마나 알고 있을까.

파리에는 온갖 게 다 있다. 두부(최근 봉급생활자에서 벗어난 일본인이 시작한 방울두부도 절품이다. 단단한 두부, 구운 두부, 순두부)까지 판다. 자연식품 가게에 가면 열 종류 정도의 프랑스산 '두부TOHU'를 살 수 있다. 중국산 두부에는 'KINUGOSHI'라는 문자가 들쭉날쭉 새겨져 있다. 간장은 평범한 마트에서 진짜 기코만kikkoman 간장을 구입했다. '와사비わさび(고추냉이)'는 영화 제목으로도 사용되었기 때문에 '가리ガリ(식초에 절인 생강)'와 더불어 유명한 단어다.

몇 년 전에 아멜리 노통브라는 작가가 일본에서 대기업 사원으로 근무했을 때 따돌림을 당했던 경험을 토대로 쓴 소설이 프랑스에서 백만 부가 넘게 팔리며 베스트셀러가 되었다. 이 작품은 영화로도 만들어져 유럽 전역에서 크게 성공했다. 이 책을 모르는 프랑스인이 없을 정도다. 일본의 여사원은 새

하얗게 화장하고 늘 검정 옷을 입는다고 쓰여 있다. 일본에도 머지않아 출판될 예정이라고 한다. 음, 일본의 따돌림 현상을 외국인이 어떻게 받아들이고 있는지를 가늠할 수 있다는 점에서 매우 흥미로운 책이다.

그 영향인지 어떤지는 모르지만 일본인이 나오는 프랑스 텔레비전 광고는 화가 치밀어 오를 정도로 일률적인 게 많다. 끊임없이 화를 내는 상사, 끊임없이 사과하는 부하라는 기묘한 상황뿐이다. 아름답게 그려지는 일본의 모습이 주로 교토나 나라의 절과 대나무숲인 것처럼, 이 역시 더없이 상투적인 패턴일 뿐이다.

확실히 그렇기는 하기에 반론할 수는 없지만, 일본이 프랑스 사람에게 그런 식으로만 비친다고 생각하니 조금 서운하다.

한편 일본의 만화가 유행하면서 젊은이들을 중심으로 일본의 다른 측면이 프랑스 사람들에게 알려지고 있다.

몽트뢰유 도서전시회 때 나는 아이들 앞에서 강연을 했다. 아이들의 질문은 만화에 대한 내용이 대부분이었다. 서점과 백화점에서도 만화전시회가 늘 개최된다. 특히 『드래곤볼』의 인기는 엄청나다. 고이즈미 총리의 이름을 알고 있는 아이는 하나도 없지만 도리야마 아키라는 프랑스 소년과 소녀들에게 슈퍼스타이다. 아아, 이런 일본도 있구나, 하며 나는 슬그머니 가슴을 쓸어내렸다.

파리에는 분재 전문점이 많이 있다. 산책을 하다 보면 조용한 주택지에 분재 전문점이 오도카니 자리하고 있다. 들어가 보면 눈이 휘둥그레질 정도로 분재가 잔뜩 진열되어 있다. 그 숫자가 수백 개에 이른다. 노란 단풍나무, 붉은 단풍나무도 있다. 식 재료에 비유한다면, 파리의 마트에서 교토에서 나는 경수채水菜(겨잣과 채소로 잎이 좁고 갈라져 있음—옮긴이) 같은 채소를 발견한 듯한 기분이리라. 엉겁결에 단풍나무, 하고 중얼거렸다. 그러자 수염이 덥수룩한 점원이 네, 단풍나무입니다, 하고 일본어로 더듬더듬 대답했다. 저기, 안쪽도 봐주십시오, 하고 그 남자는 말했다. 그래서 앞으로 걸어가니 안뜰이 나왔다. 분재만으로 만들어놓은 커다란 모형 정원이다. 어이쿠, 정말 놀랐다. 이렇게 굉장한 분재 전문점은 일본에서도 찾아보기 힘들다. 바람이 불면 풍경 소리가 울려 퍼졌다. 여기는 어디지, 하고 나도 모르게 신음했다. 바로 'ZEN'이다. 파리를 걷다 보면 이런 분재 전문점이 꽤 있다. 다시 말해 분재를 꾸미는 사람도 그에 상응하는 수만큼 있다는 뜻이다. 분재 전문점이 번성하고 있다는 건 그만큼 일본의 풍류가 프랑스에 수입되고 있다는 뜻이다.

나의 프랑스어 선생님은 완벽한 일본어로 이야기한다. 하지만 그는 일본에서 살았던 적이 없고, 일본인과 교류를 나눈 적도 없다. 그런데 도쿄의 시타마치下町(서민들이 사는 지역—옮긴이)와 온천 사정에 매우 밝다.

또 불고기집에서 이따금 마주치며 안면을 익힌 어떤 사람은 『일본의 옛날이야기』라는 책을 출판했다. 그 사람이 스스로 조사한 일본의 민화를 프랑스어로 번역한 책이다. 읽어보고 깜짝 놀랐다. 이야기는 전설 속의 인물 우라시마 타로가 용궁에서 돌아와 조그마한 상자를 열어보고 노인으로 변했다는 내용으로 끝을 맺지 않았다. 그 책에 따르면 뒷이야기가 있었다. 노인이 학이 되어 봉래산으로 날아가는 것으로 되어 있다. 나는 파리에서 알게 된 프랑스 사람에게 우라시마 타로의 뒷이야기를 배웠다.

'선'에 대해 해박한 프랑스 사람, 일본에서 살았던 경험이 없지만 완벽한 일본어를 구사하는 프랑스 사람, 일본의 민화에 정통한 프랑스 사람. 이런 사람들 덕분에 일본의 신뢰도가 올라간 게 분명하다.

가짜 초밥집이 늘어나는 반면 일본에 정통한 사람이 늘어나고 있다. 하지만 이런 사람들이 가짜 초밥집에 쌍심지를 켜는 일은 없다. 왜냐하면 그곳에서 나오는 초밥은 코를 톡 쏘지 않는 초밥이기 때문이다. 코를 톡 쏘지 않는 고추냉이. 그것은 평범한 프랑스 사람이 바라보는 일본의 모습이기도 하다.

일본 사람이 알고 있는 프랑스. 프랑스 사람이 알고 있는 일본. 이 차이가 좁혀질수록 신뢰도 수치는 높아지리라. 제2차세계대전 때 대적했던 독일과 프랑스가 지금은 유럽연합을 이끌어가고 있다. 제2차세계대전이 끝난 후 거리낌 없이 마음을 털어놓고 마주하며 기울였던 노력의 결과이리라.

고추냉이에서 코를 톡 쏘는 성분을 빼버리는 프랑스에서 진정한 고추냉이의 매움과 맛을 어떻게 하면 이곳 사람들에게 전할 수 있을까? 일본 사람이 지니고 있는 섬세한 정서를 어떻게 하면 이해시킬 수 있을까?

일본인 소믈리에가 와인 경연대회에서 우승하는 시대이다. 프랑스 사람이 고추냉이에 대한 지식을 이야기할 날도 머지 않은 듯하다. 그 톡 쏘는 매운 맛의 훌륭함을 조금씩 전하는 수밖에 없다. 그것이 문화 교류이리라. 서로를 좀 더 알고 신뢰도를 높이는 게 중요하다.

당장 내가 해야 할 일은 좀 더 프랑스 문화를 배우는 것이다. 밤이면 밤마다 선술집을 전전하는 것도 문화 교류의 일환이다. 날마다 곤드레만드레 취해 프랑스의 진수를 배우려는 것이다. 변함없이 변명이 많은 인생이다.

애인과 둘이서 걷고 싶은 데이트 장소에 대해서

여기서는 애인과 걷고 싶은 파리를 소개해보겠다. 파리는 혼자서 묵묵히 걸어도 즐겁지만, 아무래도 이곳은 연애의 거리다. 커플이 걷기에 멋진 장소가 널려 있다.

처음부터 너무 진부한 소개라 미안하지만, 일단 애인과 어깨를 나란히 하고 밤하늘에 빛나는 에펠탑을 보기 바란다.

에펠탑의 일루미네이션이 최근에 바뀌었다. 오렌지빛이 드러나는 기존의 감상적인 조명 외에 마치 다이아몬드가 아로새겨진 것처럼 무수히 많은 불빛이 깜빡거리는 호화찬란한 조명쇼가 밤마다 한 시간에 한 번씩 펼쳐진다. 매시간, 만약에 8시라면 7시 55분부터 8시 5분까지 10분 동안 조명쇼가 벌어진다. 새벽 2시 정도까지 시간마다 반짝반짝 빛난다.

그렇다면 아름다운 에펠탑은 어디서 보는 게 가장 황홀할까? 센 강을 끼고 에펠탑 건너편에 트로카데로 광장이 있고, 그곳에 매가 날개를 펼친 듯한 모습으로 장대한 외관을 갖춘 샤요 궁(1937년에 만국박람회장으로 세워졌다)이 우뚝 서 있다. 그 중간 정도에 있는 테라스에서 정면에 솟아 있는 에펠탑을 보는 게 최고다. 여름 불꽃축제 때는 기가 막힐 정도로 멋진데, 전 세계에서 사람들이 모여들기 때문에 이때는 정말이지 아주 일찌감치 자리를 맡아두어야 한다.

하지만 불꽃놀이를 하지 않아도 연인들이 차고 넘칠 정도로 꾸역꾸역 찾아든다. 테라스 끄트머리에는 바싹 달라붙어 있는 전 세계의 연인들이 있다. 다들 주변 따위 신경 쓰지 않고 입맞춤을 나눈다. 음, 프랑스에서는 어딜 가든 연인들이 부둥켜안고 입맞춤을 한다. 다른 사람의 눈을 신경 쓰지 않는 둘만의 세계가 가득하다는 점도 이 거리의 훌륭한 부분이다.

그렇다. 관광객이 별로 오지 않는 데이트 코스가 그 근처에 있다. 센 강의 중심부를 1킬로미터 정도 걸을 수 있는 산책로다. 원래 둑이었던 곳에 좁다란 길을 만들었다. 센 강 중심부에 있는 산책길이라고 생각하면 된다. 정확히 15구와 16구의 경계에 있다. 다리로 말하면 비르아켐 다리Le Pont de Bir-Hakeim에서 그르넬 다리Le Pont Grenelle까지 사이의 1킬로미터 코스다. 이곳을 '백조의 오솔길Allée des Cygnes'이라고 한다. 나무숲 사이를 연인과 이야기하면서 걷는 것도 좋지 않을까?

약간 진부하지만 여름이라면 예술의 다리pont des arts에 와인이라도 들고 가서, 둘이 쭈그리고 앉아 아마추어 뮤지션의 연주를 들으며 저물어가는 석양을 바라보는 것도 괜찮지 않을까. 아아, 상상만으로도 얼굴이 붉게 달아오르지만, 사랑에 빠진 두 사람에게는 아무 상관없을 것이다.

태양 아래에서 속닥속닥 사랑을 속삭이고 싶은 건강한 두 사람이라면 맑은 날의 공원이 좋겠다. 잔디 위에서 실컷 노닥거리기 바란다. 8구의 몽소 공원Parc Monceau, 6구의 뤽상부르 공원이 좋지만 사람이 많기 때문에 조심해야 한다. 드러누워 뒹굴거릴 수 있는 잔디도 있기는 한데, 그리 넓지는 않다. 하루 종일 한가롭게 피크닉 데이트를 즐기고 싶은 사람에게는 불로뉴의 숲Bois de Boulogne과 뱅센 숲Bois de Vincennes이 좋지만, 개인적으로 추천하고 싶은 곳은 소 공원Parc de Sceaux이다. 베르사유 궁전의 정원을 작게 만들어놓은 듯한 멋진 경관의 정원이 파리 외곽에 있다. 전망이 좋기 때문에 둘이서 노닥거리기에 좋다. 한가롭게 지내기에는 최적의 장소이다. 게다가 가족과 함께 오는 이들도 많다. 꼭 바게트와 치즈, 와인을 들고 피크닉을 가기 바란다. 좋을 것 같지 않나?

젊은이들로 붐비는 오베르캄프Oberkampf를 아주 좋아하는데, 이 근처에서 시작되는 생 마르탱Saint Martin 운하 주변도 데이트 코스로 좋다. 안경 모양의 다리와 무지개다리가 있어서 분위기가 굉장히 좋다. 주변의 서민풍 집들을 보면서 강기슭을 느긋하게 나란히 걷는 것도 좋을 듯하다.

아직 공인된 연인 사이가 아니라 여행 중에 멋지게 구애하고 싶다, 혹은 구애를 받고 싶다고 생각하는 사람은 호텔 리츠의 바 헤밍웨이에서 아페리티프apéritif(식욕을 증진하기 위하여 식사 전에 마시는 술—옮긴이)를 마시는 게 좋지 않을까? 호텔 리츠에는 바 헤밍웨이 외에도 바가 두 곳 더 있으니까, 구애하고 싶거나 구애를 받고 싶다면 바를 어슬렁어슬렁 들러보는 것도 좋을지 모른다.

레스토랑에서 식사를 마친 뒤 호텔로 돌아가 그곳 라운지에서 마지막 대화로 쐐기를 박아둔다. 그렇다면 호텔이 중요하다. 연인 사이라면 커다란 호텔보다는 자그마한 호텔이 좋을 듯하다. 카르티에 라탱Quartier Latin 주변에 있는 를레 크리

바 헤밍웨이(Bar Hemingway—호텔 리츠 안
Ritz Paris 15, place Vendôme 75001 Paris Tel : 01-43.16.33.65 http://www.ritz.com/

스틴Relais Christine을 추천한다. 고요하고 좁다란 길 도중에 있는 정말로 자그마한 호텔이다. 이곳에는 복층 구조의 귀여운 방이 있어서 마치 산장 속에 둘이서만 있는 느낌이 든다. 음, 좋을 것 같지 않나? 라운지에는 난로가 있는데, 겨울에는 그 옆 소파에서 편안하게 서로 웃음 지으며 뱅쇼Vin Chaud(따끈한 레드와인—옮긴이)를 마시면 마음이 달아오를 것이다. 아아아, 좋지 아니한가? 정말로 짜증나는군. 예전에는 수도원이었던 건물이니까 서로 끌어안고 있는 사이에 어쩌면 유령이 나올지도 모른다. 흥!

아하하, 농담은 이쯤에서 그만두겠다. 지하에 있는 식당도 호화롭고 더할 나위 없이 좋다. 여기서 연애가 결실을 맺지 못한다면 그 길로 재깍 헤어지는 편이 좋을 듯하다.

그건 그렇고, 말하다 보니 완전히 흥분했는데 도움이 조금 되었나?

연모하는 사람들의 파리, 파리는 뜨거운 두 사람을 위해 기

를레 크리스틴(Relais Christine)
3, rue Christine 75006 Paris Tel : 01-40.51.60.80 http://www/relais-christine.com

다리고 있다. 하지만 연모가 사랑으로 바뀌느냐 마느냐는, 긴장을 늦추지 않고 여행 중에도 미래와 손을 딱 맞잡고 있느냐에 달렸다. 파리에는 눈도 마음도 멀게 하는 분위기가 가득하므로 그 분위기에 휩쓸리지 않도록 한다. 불타오르다가도 어느 부분에서는 확실히 어른이 되어보자. 그리고 언젠가 연애가 결실을 맺는다면 그 사람과 함께 다시 오기 바란다. 그때는 연모하는 사람들의 파리가 사랑하는 사람의 파리로 바뀌어 두 사람을 맞이해줄 것이다. 사랑을 서서히 키워온 사람이라면 파리의 어른스러운 얼굴을 볼 수 있을 것이다. 결국 이 거리는 어른의 편인 걸까. 사실은 어른을 위해 있는 거리, 그것이 파리다.

방치된 자전거를
치우지 않고
그대로 둔다.
그런데 전혀 쓸쓸해
보이지 않는다.
당당히 서 있다.
1년이 지나면
훌륭한 앤티크.
거리를 장식하는
예술품이 된다.
Vélo
파리에서는
누구나 다 무서울 정도로 전문가가 된다.
하지만 때때로 구제할 수 없을만큼 서툰 이도 있다.
거리의 음악가라서 용서가 된다.
les Muses

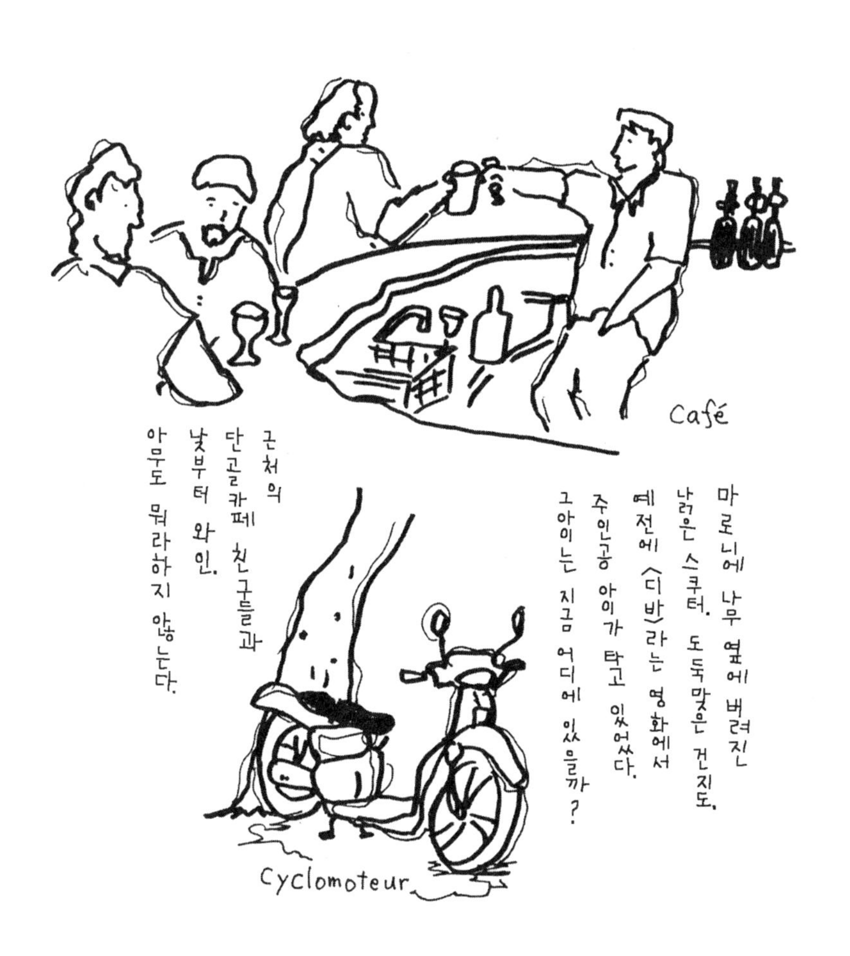

Café
근처의
단골카페 친구들과
낮부터 와인.
아무도 뭐라하지 않는다.
마로니에 나무 옆에 버려진
낡은 스쿠터. 도둑맞은 건지도.
예전에 〈디바〉라는 영화에서
주인공 아이가 타고 있었다.
그 아이는 지금 어디에 있을까?
Cyclomoteur

파리의 운전, 근성 시험

자동차 문화를 통해 프랑스와 일본을 비교하면
또다시 프랑스의 다른 면이 보인다.

파리에서 자동차를 운전할 때는 굉장한 용기가 필요하다. 나의 프랑스인 친구는 파리 시내에서 자동차를 타고 다니는 게 무서워 결국 차를 처분했다. 프랑스 사람인데도 그 정도로 무서워한다. 외국인인 내가, 말조차 제대로 할 수 없는 내가 자동차를 운전하기란 힘들기 짝이 없는 일이다.

시내에서 조금 외곽으로 나가면 대형점포가 많기 때문에 차가 있으면 굉장히 편리하다. 프랑스를 충분히 즐기기 위해서라도 차가 있는 것이 훨씬 편리하다. 무서워만 할 것인지 편리함을 추구할 것인지 몹시 고민한 끝에, 나는 결국 편리함을 선택했다. 아아, 이 무슨 무모함인가. 파리에서 자동차를 운전하다니!

프랑스 친구들은 하나같이 놀라워했다. "츠지 군, 정말이야?"

도쿄에서 처음으로 수도고속도로를 달릴 때, 자동차 대열에 합류하면서 위축될 때의 그 감각. 파리 시내의 운전은 정말로 그런 긴장의 연속이다.

파리의 남성들은 참으로 다정하다. 특히 여성에게는 일본 남성이 대적할 수 없을 정도로 자상하다. 배려심 있고 친절하고. 파리에서 심술궂은 남성을 본 적이 없다. 그런 그들이 평소에 괴로움을 쌓아두고 있는지, 일단 운전대를 잡으면 딴사람으로 돌변한다. 정확히 말하면 특히 자동차에 대해서만은 그들을 도저히 신사라고 하기 어렵다. 한번은 차에 치일 뻔한 적도 있었다. 그때 나를 도와준 부인이 이렇게 말했다.

"저것이야말로 진정한 파리지앵의 모습이랍니다. 기억해 두는 편이 좋아요."

자동차 문화를 통해 프랑스와 일본을 비교하면 또다시 프랑스의 다른 면이 보인다. 자동차를 운전하면 인격이 바뀌는 사람은 일본에도 많다. 이제부터 파리지앵이 어떻게 변모하는지 자세히 알려주겠다.

일본에서는 이런 경험을 자주 했다. 고속도로에서 교통체증으로 꽉 막혔을 때는 차선 변경을 하기가 여간 어려운 것이 아니다. 방향지시등을 켜도 양보해주지 않는다. 심술궂다고 생각한다. 고집쟁이처럼 양보하지 않는 사람이 있다. 프랑스에서는 그런 일은 별로 없다. 음, 그런 상황에서는 신사다. 피장파장이라는 의식이 있는 듯, 끼어들기에 대해서는 상당히 너그럽다. 무리하게 끼어들어도 비난하거나 경적을 울리는 사람을 만난 경험은 한 번도 없다. 그만큼 확실히 다들 자꾸자꾸 끼어들고 차선 따위는 없는 것처럼 행동한다. 하지만 피장파장이라는 의식이 다소 문제가 될 때도 있다.

일본인 운전자는 교통법규를 중요하게 여긴다. 그래서 끼어들기는 용납하지 않는다. 프랑스에서는 이 부분을 깔끔하게 프랑스식으로 해석한다. 파리에서 중요한 건 교통의 흐름을 끊지 않는 것이다. 모두 그 흐름을 타고 운전한다. 그것이 바로 규칙이다. 따라서 재빨리 판단해서 흐름을 깨지 않고 목적지로 빠져나가는 고도의 기술이 필요하다. 아무리 교통법규를 잘 지켜도 흐름을 끊어버리면, 당신 너무 멍청한 거 아니냐며 경적을 빵빵 울려댄다.

샹젤리제 거리의 막다른 부분, 개선문이 서 있는 광장은 그 자체가 거대한 원형 교차로, 즉 롱 푸앵Rond Point이다. 프랑스에는 이 원형 교차로(영어로는 로터리)가 굉장히 많이 있다. 방사선 모양으로 길이 원의 중심에서 뻗어 나와 있다. 아아, 원형 교차로를 향해 길이 집중되어 있다고 해야 할까. 자동차가 한꺼번에 중심을 향해 돌진해온다. 어떤 기분일까? 기가 죽을 것 같지 않나? 상상만으로도.

어쨌거나 간단한 교통법규는 있다. 오른쪽에서 오는 차가 우선이다. 따라서 원을 향해 돌진하는 차에게 일단 우선권이 있다. 원형 교차로에는 신호가 없는 장소가 많아서 조심조심 돌진해야 한다. 하지만 이곳은 프랑스다. 오른쪽이 우선이라고 하지만 왼쪽에서 온 차가 순순히 양보하지는 않는다. 속도를 떨어뜨리지 않고 계속 달린다. 여기서 움츠러들어 이쪽이 속도를 늦추면, 상대는 사정없이 돌진한다. 조심조심하면서 과감하게 돌진하는 수밖에 없다. 파리에 머물고 있는 카메라

맨 고노 씨에게 좋은 방법을 배웠다.

"츠지 씨, 돌진하려면 먼저 원형의 가장 안쪽까지 가세요. 그리고 원을 따라 주행하십시오. 자신이 나가고 싶은 길이 가까워지면 조금씩 오른쪽으로 이동한 뒤에, 단숨에 나가면 됩니다."

진주만공격 같다고 생각했다. 하지만 왜 처음에 안쪽으로 들어갈까? 바깥쪽에서 조심스럽게 돌면 되지 않을까? 이 질문의 답은 실제로 원형 교차로를 돌아본 후 터득했다. 바깥쪽은 늘 직선 도로에서 원 안으로 파고드는 자동차와 나가려고 하는 자동차로 몹시 혼잡하다. 따라서 중심으로 다가서면 다가갈수록 오른쪽이 우선이라는 교통법규에 덜 구애받게 된다.

처음으로 자동차를 운전하던 날, 나는 망설이지 않고 곧장 개선문의 원형 교차로로 향했다. 솔직히 파리에서 차를 운전할 자신은 없었다. 친구들은 교외에서 연습하고 나서 파리 시내로 들어가라고 충고했다. 하지만 어쩐지 그러기는 싫었다. 나답지 않고, 연습할 만한 개선문 같은 원형 교차로가 있을 리 없기 때문이다. 실천이야말로 가장 커다란 연습이다. 맨 처음 가장 어려운 관문을 경험하면 그다음에는 어떻게든 되지 않을까, 하고 생각했다. 먼저 적을 알아야 한다. 원형 교차로를 통과하면 뭐든지 할 수 있다.

속도를 늦추지 않고 안쪽으로 향했다. 눈에 핏발이 섰을 터이다. 큰소리를 지르면서 마치 쳐들어간다는 기분으로 몸을 앞으로 쑥 내밀며 운전대를 움켜쥐었다. 며칠 뒤 이 이야기를 들은 프랑스인 친구들이 무모하다며 비웃었다. 하지만 그때의 경험으로 자신감이 붙은 것도 사실이다. 더구나 뭐야, 이런 거야, 하고 기세가 등등해졌다. 이런 이런.

원형 교차로 안이 어떤가 하면 안쪽으로 향하는 자동차와 바깥쪽 길로 나가려는 자동차가 뒤섞여 엉망진창이다. 개선문을 향해 열두 갈래의 커다란 길이 집중되어 있다. 그 안은 무시무시하다. 게다가 운전하는 사람은 파리지앵이다. 속도를 늦추는 일은 없다! 이런 곳에서 경적을 울려봤자 소용없잖아, 하고 고함치고 싶어지는 타이밍에 그 사람들은 빵빵, 경적을 울린다. 그러면 다들 기분이 상해서 창문 너머로 고래고래 소리를 지르기 때문에 정말로 무섭다. 하지만 다시 흐름이 시작되면 그때는 고함치는 것도 잊고 재빨리 사라져버린다. 그런 까닭에 계속해서 화를 내는 사람은 진짜 바보밖에 없다. 이를테면 내가 그렇다. 어쨌든 잽싸게 원형 교차로를 탈출하는 것보다 좋은 건 없다.

차선 같은 게 없기 때문에 방향지시등을 켜지 않는 차도 많다. 프랑스에서 자신을 지켜주는 건 자기 자신밖에 없다. 접촉 사고가 일어난다고 해도 반은 자신이 멍청했기 때문이라고 받아들이는 수밖에 없다. 프랑스 사람들은 사고를 내도 절대로 사과하지 않는다. 그러고 보니 프랑스에서 받은 운전자 핸드북에 이런 말이 쓰여 있어서 굉장히 놀랐다.

"자신에게 잘못이 있더라도 프랑스에서는 절대로 사과해서는 안 된다. 뒷수습은 보험회사에 맡긴다." 무시무시한 곳에 왔다.

애초에 신호기부터 설치 장소가 다르다. 일본처럼 정면에서 보기 쉬운 장소에는 신호기가 없다. 길모퉁이에 설치되어 있다. 익숙해지지 않으면 못 보고 놓칠 듯한 예술적인 모습으로 신호기가 자리하고 있다. 게다가 모퉁이를 돌면 바로 인도 앞에 다른 신호기가 있는 경우도 있어서 신경을 써야 한다.

또 성가신 점은 교차로에서 좌회전할 때다. 일본이라면 마주 보는 차끼리 교차로 중앙에서 왼쪽 모서리 쪽으로 가까이 대서 마주 보는 형태로 기다린다. 그리고 흐름이 끊기면 한꺼번에 좌회전한다. 프랑스의 경우는 우측통행이라, 좌회전할 때 교차로에서 마주 보는 차를 피하게 된다. 그런데 웬일인지 차는 얼굴을 맞대고 대기하지 않는다. 누가 정했는지는 몰라도 각각 꼬리와 꼬리를 바싹 댄 모습으로 대기하고 있다. 처음에는 과연 그렇게 하면 편리하겠다고 생각했다. 상대를 이미 피했기 때문에 신경 쓰지 않고 돌아갈 수 있다. 그런데 말이다, 우회전하려는 차가 한 대라면 괜찮지만 교통체증일 때는 상당히 힘들다. 쌍방 모두 대기하는 차가 늘어난 경우는 어떻게 될까? 상상해보기 바란다. 마주 보는 차의 행렬에 막혀서 어디로도 나아갈 수 없게 되는 상황을 말이다. 일본의 교통법규가 좀 더 이해하기 쉽고, 여러 대의 차가 늘어선 경우에는 분명 일본식이 원활하다. 옴짝달싹할 수 없게 되면 그곳이 정체되어 또 주거니 받거니 경적을 울린다. 이런 이런. 왜 이런 교통법규를 만들어놓았을까, 번번이 교통체증에 휘말릴 때마다 머리를 감싸 쥐지만, 외국인인 내가 이러쿵저러쿵할 수는 없다. 프랑스는 줄곧 이런 교통법규로 지내왔기 때문에 내가 익숙해지는 수밖에 없다. 게다가 그들은 피장파장이라는 정신을 이럴 때 훌륭하게 발휘해서 문제를 해결한다. 요령이 좋다면 요령이 좋은 것이고, 요령이 없다면 요령이 없는 것이다. 음, 어쨌든 프랑스다.

문제는 주행 중일 때만 있는 게 아니다. 주차 역시 어렵기 짝이 없다. 파리 거리는 사방이 자동차 천지다. 좁은 길 좌우에 자동차가 죽 늘어서 있다. 더구나 빈틈이 없다. 전후좌우, 1센티미터도 빈 공간 없이 세워져 있다. 어떻게 나갈까? 아니, 그보다 먼저 어떻게 들어갔을까? 최근에 나도 파리식 초종렬超縱列 주차를 할 수 있게 되었다. 비법을 간단히 전수하자면, 억지로 비집고 들어가는 것뿐이다. 미안합니다, 하고 중얼거리면서 앞뒤의 차를 조금씩 밀어내고 비집고 들어간다. 그런데 의외로 자동차에 흠집이 생기지 않는다. 이유는 간단하다. 길 위에 주차하는 차는 사이드브레이크를 걸어놓으면 안 된다. 자동차 교습소에서는 사이드브레이크를 걸어놓으라고 가르치는 듯하다. 만약에 사고가 나는 경우, 사이드브레이크를 걸어놓지 않은 사람이 책임을 져야 한다. 하지만 내 친구들 가운데 사이드브레이크를 걸어놓는 사람은 없다. 그런 장소에서 사이드브레이크를 단단히 걸어놓으면 범퍼가 움푹움푹 찍히기 때문이다. 그렇게 끼어들기가 거듭되고 대륙의 이동처럼 조금씩 틈이 메워져가는 구조다. 음, 다소 과장스럽게 썼지만 거짓말이 아니다. 현실을 목격하면 일본인은 다들 놀란다. 이렇게 해도 되나? 일본에서는 절대로 무리일 것 같은 빈 공간에 정확히 다 들어가기 때문이다. 굉장하다. 프랑스 사람은 종렬 주차로는 세계 최고이다. 반대로 이렇게 말할 수도 있다. 종렬 주차를 못한다면 파리에서는 운전을 해서는 안 된다.

그러고 보니 문제가 하나 더 있다. 파리에서는 툭하면 데모를 한다. 쭉쭉 달리는구나, 했는데 갑자기 교통체증과 맞닥뜨릴 때가 있다. 사고나 공사가 아닌 경우 대개는 데모가 원인이다. 매주 몇 백 명이나 되는 롤러스케이트를 신은 집단이 우쭐거리는 얼굴로 거리를 점거한다. 놀랍게도 롤러스케이트를 신은 경찰이 시위대를 보호해주는 것이다. 자동차는 시위대가 통과할 때까지 기다려야 한다. 과연 인권선언의 나라답다. 자동차보다 사람 쪽이 확실히 젠체하는 얼굴을 하고 있다. 자동차보다도 인간을 우선하기 때문에 때로는 교통망이 희생당하는 경우가 있다. 이런 부분도 참으로 프랑스답다.

분명 프랑스 사람들은 스트레스 같은 게 없을 것이다. 혹시라도 짜증이 날 때는 그 원형 교차로에서 달리면 되니까 말이다. 무섭고 아슬아슬한 이곳에서 망설임 따위는 휙 날아가 버린다. 최근에는 운전이 즐거워졌다. 특히 원형 교차로를 돌면 기분이 상쾌해진다. 일부러 멀리 돌아가서 원형 교차로에 들렀다 갈 때도 있다. 익숙해졌기 때문인지, 최근에는 프랑스의 흐름을 타는 운전 방식이 신경에 거슬리지 않고, 기분 좋고 편해졌다. 타인과 거리를 두는 방식이 조금은 자연스러워진 기분도 든다. 흐름을 타고 즐겁게 운전하고 싶다.

프랑스에서 자동차를 소유하는 순간 세계는 넓어진다. 유럽연합의 확대 통합으로 유로권이 확대되었다. 유럽연합은 앞으로 점점 더 커질 것이다. 유럽연합 가맹국에 갈 때는 여권도 필요 없다. 유럽연합의 국경은 일본의 현경縣境과 같다. 바다에 둘러싸인 일본에서는 상상도 할 수 없는 일이지만 여기서는 자동차로 국경을 넘는다.

음, 어느 나라에 있든 우쭐거리며 운전하지 않는 게 중요하다. 욱하지 않도록 자신을 타이르며 나는 날마다 운전대를 잡는다.

그리고 내 꿈은 피레네산맥을 애지중지하는 자동차로 넘어가 보는 것이다.

잘 초대하고 잘 초대받고

노는 걸 굉장히 좋아하는 프랑스 사람들은
초대하는 것에도 초대받는 것에도 천재적이다.
무엇보다 중립적이고 자연스러운 부분이 좋다.

다 같이 모여 왁자지껄 떠드는 건 좋아하는데 세심한 배려를 못하는 사람이 많다. 그렇다, 나도 그 가운데 하나다. 확실히 사람을 초대하는 건 좋아하지만 초대받는 건 조금 꺼려지는 편이다. 그래서 일본에 있을 때는 바쁘다는 핑계로(실제로 바쁘기도 했지만) 초대를 거절했다. 허물없는 사이라면 별개지만 대개는 신경을 써줘야 한다. 그게 귀찮아서 초대하지도 않고 초대에 응하지도 않는 편이었다.

그런데 프랑스에 와서 그런 사고방식에 변화가 일어났다. 프랑스에 친숙해지기 위해 다소 무리를 해서 나가는 동안, 어쩐지 초대받는 것도 나쁘지 않다는 생각이 들었다. 도대체 지금까지와 무엇이 어떻게 달라진 걸까.

프랑스의 경우 저녁 식사를 느지막하게 하기 때문에 저녁 8시쯤부터 사람이 모여든다. 그리고 식사 전에 먼저 아페리티프 등을 마시면서 이야기를 나눈다. 그런데 그 시간이 길다. 오랫동안 식사를 하지 않고 2시간 정도 아페리티프를 마시며 대화할 때도 있다. 이야기가 무르익는 시점에는 식탁 앞에 앉아 있게À table 된다. 주인도 함께 이야기에 열중하기 때문에 레스토랑처럼 요리가 줄줄이 나오지도 않는다. 초대한 쪽도 함께하는 것이 최고의 주요리이고, 그러다 이야기가 끊어지는 절묘한 타이밍에 요리를 싹 내오면 다시 자리가 무르익게 되니 일석이조다. 어디까지나 식사의 흐름보다는 분위기를 우선한다. 자연스럽고 마음이 편하고 즐겁기 때문에 초대받기를 싫어했던 나 같은 사람도 생각이 바뀐다.

처음으로 단독주택에 초대받았을 때 집주인이 비밀번호를 알려주었다. 비밀번호를 누르지 않으면 문이 열리지 않는다. 문에는 '오늘 밤에 파티를 합니다'라고 쓰인 종이가 붙어 있었다. 시끌시끌한 파티가 벌어지는 경우 미리 알리지 않으면 이웃에서 경찰을 부르는 일도 있는 모양이다.

와인은 충분히 준비되어 있고, 집에 따라 다르지만 샴페인이나 파스티스pastis, 로제와인 등이 쭉 세워져 있다. 일본에서 마시는 로제와인과는 상당히 다르게 톡 쏘고 상큼하다. 처음 프랑스에서 로제와인을 마셨을 때 헉, 로제와인이 이렇게 씁쌀했나, 하며 깜짝 놀랐다. 레드와인은 일본에도 상당히 많은 종류가 유통되지만, 유독 로제와인만큼은 즐겨 마시는 습관이 없었고, 어린아이가 마시는 것 같다는 인상뿐이어서 멀리하고 있었다. 그런데 프로방스의 로제와인은 부드럽게 넘어가서, 여름철에는 그만 물처럼 벌컥벌컥 마셔버린다. 도수는 레드와인보다 약간 낮지만 많이 마시면 크게 다르지 않으므로 주의한다. 쿠스쿠스 같은 중동 지역 요리와도 잘 어울리고 초밥과도 궁합이 잘 맞는다. 아아, 그래. 잠깐 실례, 오늘은 로제와인을 마시면서 쓰기로 하자(냉장고를 뒤진다. 여담이지만 로제와인은 슈퍼마켓에서 4유로만 지불하면 맛있는 제품을 살 수 있다. 음, 차가워서 맛있다!).

아페리티프와 함께 먹을 때는 호두나 생 햄jambon cru이나 마른 소시지나 땅콩 등이 어울린다. 한동안 소시지에 빠져서 소지지를 사러 이리저리 돌아다닌 적이 있다. 고깃집이나 반찬가게 천장에 매달아놓은 소시지에는 하얀 곰팡이 같은 게 피어 있는데, 먹을 수 있는 거냐고 캐묻고 싶어질 정도로 흉측하하게 생겼다. 그런데 이게 말이다, 안에 송로 버섯을 이겨서 넣은 소시지나 검은 후추를 넣은 소시지는 상당히 오묘한 맛이 난다. 얇게 썰어서 바깥 부분을 제거하고 먹으면 된다. 향기가 입안으로 훅 퍼지면서 식욕을 자극한다. 여행 선물로도 딱 좋다.

아페리티프는 살롱처럼 편안한 장소에서 마시는데, 그러고 보니 지붕 위에서 아페리티프를 마신 경험도 있다. 친구인 화가 레미(나에게 로제와인의 훌륭함을 알려준 인물이기도 하다) 집에 초대받았을 때의 일이다. 바깥에서 아페리티프를 마시자고 해서, 어? 발코니가 있어? 하고 묻자 그는 예비용 사다리를 천장에서 내려놓더니 천천히 오르기 시작했다. 물론 가정용 사다리가 아니라 공사용이나 비상용이다. 지붕에는 당연히 난간이나 울타리 같은 것도 없다. 보석 같은 에펠탑이 아득하게 보였다. 마치 그림 공부하는 학생 같은 기분으로 함석지붕에 앉아 사방이 탁 트인 파리의 아름다운 풍경을 넋 놓고 바라보며 입맛을 다셨다.

식사는 식탁에서 하지만 요리가 나오기 전의 이런 홀가분한 시간이 좋다. 이런 곳에서 일 이야기를 하는 사람은 없다. 딱딱한 이야기도 전혀 없다. 다들 철저하게 즐거운 화제에 정열을 기울인다. 쓸데없는 데 신경 쓰는 사람은 없다. 초대한 사람이 먼저 나서서 분위기를 명랑하게 고조시켜놓으면 초대받은 쪽도 저절로 어깨에 들어간 힘을 뺀다. 처음 만난 사람이 있어도 싹싹하게 말을 붙여주기 때문에 자연스럽게 친해진다. 다들 이런 자리가 익숙해졌기 때문인지, 아니면 초대한 사람들의 선택이 절묘했는지, 집에 돌아가고 싶다는 생각은 한 번도 한 적이 없다.

디자이너인 친구(남편이 일본 사람이고 부인이 스위스 사람인 커플) 집에 초대되었을 때의 일이다. 이웃 프랑스인 부부의 집에서 성대한 파티가 열렸다. 놓여 있던 기타를 치며 이따금 노래를 흥얼거리는데, 옆집 주인이 얼굴을 쑥 내밀고 "오늘이 아내 생일인데 괜찮으시면 저희 집에도 들러주세요." 하고 초대를 했다. 남편은 영화 카메라맨이고 부인은 배우였다. 좀처럼 없는 경험이라며 가보자고 해서 전부 우르르 몰려갔다. 들여다보니 발 디딜 틈 없을 정도로 사람이 많았다. 모처럼 왔으니까 노래를 부르자며 친구가 기타를 내밀었다. 어? 여기서? 내가 기타를 든 순간 박수가 터져 나왔다. 지금까지는 처음 만난 사람들 앞에서 노래를 부른 적이 한 번도 없었다. 그런데 웬일인지 쑥스러워하고 있을 상황이 아니라는 생각이 들었다. 좋아, 그렇다면 프랑스와 일본의 우호증진을 위해 사람들 안으로 들어가야지. 박수갈채를 받은 건 좋았지만, 과연 프랑스와 일본을 이어주는 다리 역할을 했는지는 의심스럽다.

와인을 끊임없이 대주는 게 초대한 쪽의 유일한 일이기도 하지만, 초대받은 쪽도 유쾌할 정도로 잔을 비워나간다. 주저하는 사람은 없다. 다들 즐겁게 자꾸자꾸 와인을 연다.

일본에서 지낼 때에는 좀처럼 다른 사람을 초대하지 않았기 때문인지, 한번 초대하면 나도 모르게 어깨에 힘이 들어갔다. 그래서 와인 선택에 목숨을 걸었다. 요리와의 궁합을 따져보고 와인을 내가는 순서에도 상당히 신경을 쓰고 "푸아그라에는 소테른 와인이 아니면 안 돼." 하는 식이어서 꽤 나 피곤했던 것 같다. "만든 사람은 누구누구고, 포도의 품종은…….." 하고 잘난 체하듯 설명했다. 유리잔에 코를 들이밀고 냄새를 킁킁 맡거나 유리잔을 빙글빙글 돌려보고, 마지막에는 "으음, 안 되겠다, 이건 약간 산화하기 시작했네요." 하고 말했던 때가 정말로 부끄럽다. 그런 행동을 하는 프랑스인 친구는 적어도 내 주위에는 없다.

즉 프랑스에서는 초대하는 사람들은, 흔하지만 맛있는 와인을 준비하고, 다음에는 모두 자꾸자꾸 와인을 열 뿐이다. 즐겁고 웃음이 끊이지 않을 때, 흔하지만 맛있는 와인은 그랑 크뤼Grand Cru보다도 한 단계 위인 천국의 크뤼가 된다. 와인을 마시는 법을 몰랐던 나는 진정한 미식가도 와인 전문가도 아니었다. 아아, 프랑스 사람에게 또 배웠다.

이젠 와인을 사러 가서도 쓸데없는 지식은 접어두고 "오늘 밤에 친구들과 즐겁게 마실 와인을 추천해주십시오." 하고 말한다. 그러면 가게 주인은 그날의 기후와 예산, 와인의 입하 상황에 맞춰 맛있는 와인을 선택해준다.

주요리를 다 먹을 무렵에는 다들 완전히 마음을 터놓게 된다. 친구의 친구들과 친구가 되는 시간이다. 가만 보면 와인이 10병 정도 텅 비어 있다. 그리고 다음에는 우리가 그들을 초대할 차례가 된다. 파리에서 살기 시작한 지 얼마 안 되었을 무렵에 일본인 친구가 나에게 살짝 귀띔해주었다. "히토 씨, 만약에 프랑스 사람이 초대를 한다면 그건 상대가 히토 씨를 친구로 인정한다는 겁니다."

아이들의 세계에서도 자신의 생일에는 좋아하는 아이만 집에 초대하는 습관을 철저히 지킨다. 그러므로 당연히 초대받지 못하는 아이도 생긴다. 형은 초대를 받았지만 동생은 초대받지 못한 형제가 이웃집에 있었다. 동생은 몹시 우울해했다. 일본이라면 형을 불렀으니까 보통은 동생도 부른다. 하지만 프랑스에서는 그렇지 않다. 굉장히 확실하다. 어린 시절부터 프랑스 사람들은 이렇게 친구를 사귀는 방법을 배운다.

그러고 보니 나는 딱 한 번 센 강 위에서 파티를 연 적이 있다. 조세핀이라는 이름의 아름다운 여객선을 빌려, 에펠탑 근처에서 승선해 파리 시내를 일주했다. 차가운 샴페인을 마시면서 고용된 아코디언 연주자의 연주에 귀와 유리잔을 기울였다. 양쪽 기슭에 비치는, 조명을 밝힌 파리의 풍경을 바라보며 친구들과 담소하는 차분한 분위기의 파티였다. 여객선에는 숙박시설도 마련되어 있어서 바다까지 항해하는 사람도 있다고 한다. 도시 안에서 왁자지껄 떠드는 것만으로는 재미없다. 그때는 조촐하게 축하할 일이 있어서 여흥으로 배를 빌렸던 것인데, 이런 세련된 이벤트를 선뜻 할 수 있다는 것도 파리의 매력 가운데 하나다.

물론 때로는 드레스코드를 맞춰야 하는 모임에도 초대된다. 하지만 어깨에 힘을 주는 경우는 거의 없다. 친구인 크리용 호텔의 전 총요리장 도미니크 부셰 집에 초대되었을 때는 다른 의미에서의 세련됨을 눈앞에서 보았다.

요리의 훌륭함은 두말할 필요도 없고, 손님을 대접하는 그의 인품과 함께 자연스러운 그의 배려는 그 이상으로 감동이었다. 크리용 호텔에서는 주방 안에 틀어박혀 있어서 보기 어려웠지만, 자택에서는 그의 마음 씀씀이가 주위에 두루 미쳐서 마치 도미니크의 마음속에 있는 듯한 느낌이었다. 이 모임을 위해 시간을 들여 준비하고 요리를 했다는 걸 느꼈고, 그 사실이 또 기뻤다. 더구나 도미니크는 어느새, 하고 생각하는 타이밍에 요리를 내왔다. 방금 전까지 함께 이야기하고 있었는데 말이다. 그가 자리를 비웠다는 느낌은 전혀 없었다. 과연 이런 초대방식도 있구나. 참으로 세련된 어른의 모임이었다.

파리에 오고 나서 아주 많은 분들에게 초대를 받았다. 프랑스라서 매너가 까다로울 거라고 생각하고 처음에는 약간 긴장하고 참석했는데, 그렇지는 않았다. 오히려 형식에 얽매이지 않고 모두 자기 나름으로 유쾌하게 사람을 모으고, 자기 좋을 대로 하는 부분이 멋지게 느껴졌다. 노는 걸 굉장히 좋아하는 프랑스 사람들은 초대하는 것에도 초대받는 것에도 천재적이다. 무엇보다 중립적이고 자연스러운 부분이 좋다.

초대받을 때마다 새로운 만남이 늘어나고 파리의 밤은 깊어간다. 초대받는 것에 조금은 익숙해졌고 프랑스 사람의 인품도 알게 된 듯하다. 아무튼 다음에는 내가 초대할 차례다.

이런 이런, 장황하게 쓰다가 로제와인을 한 병 싹 비웠다. 어쩔 수 없다. 한 병 더 열자! 그런 까닭에 오늘 밤에는 이쯤에서 펜을 놓기로 한다.

파리의 뒷골목, 산책길

파리는 좁지만 신기하게도

아직도 발견되지 않은 비밀 장소가 많이 있다.

파리가 수도이긴 하지만 크기는 일본의 야마노테 선 안쪽 정도다. 센 강은 파리를 상하로 분할하고 있다. 알다시피 센 강 북쪽을 우안, 남쪽을 좌안이라고 한다. 이번에는 내가 아주 좋아하는 파리를 당신과 함께 걷는다는 기획의 글이다. 상상 속의 여행이다.

파리답다는 건 뭘까. 교차로에 잠시 멈춰 서서 둘러보면 바로 알 수 있다. 먼저 알아차린 점은 전봇대와 전선이 없다는 사실이다. 빨래가 널려 있는 건물도 눈에 띄지 않는다. 그리고 신호기도 일본보다 낮은 위치에 있다. 녹음이 짙다. 어느 거리에든 가로수가 반드시 있다. 특히 가을에 곱게 물든 마로니에 나무는 아주 아름답다. 거리의 미관을 해치는 간판은 별로 없다. 하지만 약국이나 가판대에서 때때로 여성이나 남성의 벌거벗은 포스터를 발견할 때도 있다. 아, 그렇다, 파리에서는 좀처럼 자동판매기를 볼 수 없다. 전혀 없다고 해도 좋다. 세븐일레븐처럼 불빛이 들어오는 간판도 없다. 이렇게만 봐도 프랑스와 일본 거리의 분위기 차이가 한눈에 훤히 보인다. 또 확연한 건 건물의 차이다. 파리에서는 유서 깊은 거리를 보존하기 위해 개축이나 재건축에 일정한 기준을 마련해 두고 있다. 함부로 외관을 바꿀 수가 없다고 우리 집주인이 한탄한 적도 있다. 하지만 그 덕분에 파리의 거리에는 고풍스러운 정취가 남아 있다. 정말로 거리 자체가 미술품이라고 할 수 있다.

그럼 당장 나가보자. 먼저 개선문에서 지하철을 탄다. 목적지가 어디든 표는 한 장에 1유로 40상팀centime(100분의 1프랑—옮긴이)이다. 여행자가 어김없이 헤매는 지점은 개찰구를 빠져나가서부터이다. 어느 쪽 플랫폼을 선택해야 할지 종잡을 수 없다. 메트로는 전부 14개 노선이 있고, 노선도에는 모든 선의 출발역과 종착역이 표시되어 있다. 목적지 앞에 있는 종착역 이름을 외워두면 편리하다. 예를 들어 우리가 개선문에서 1호선을 탄다고 하자. 목적지는 바스티유Bastille다. 종착역은 샤토 드 뱅센Château de Vincennes이므로 그렇게 표시되어 있는 쪽으로 망설이지 말고 선택한다.

최초의 비밀 산책로는 바로 1호선이다. 파리에서 가장 낡은 지하철이지만 개성적인 각 역의 장식이 마음에 든다. 어느 나라나 보통 지하철역은 무미건조하지만, 파리의 1호선은 각 역마다 영화, 이집트풍 등 각각의 주제에 맞도록 재미나게 만들었다. 『지하철의 자지Zazie dans le métro』라는 소설이 문득 떠오른다. 1호선은 상상력이 넘치는 노선이다. 아코디언과 바이올린 연주가 멀리서 들려온다. 젊은 시절에는 여기서 즐겁게 몇 시간이나 시간을 보낸 적이 있다.

우리는 바스티유에서 내린다. 광장 중심에는 프랑스혁명을 기념하는 탑이 서 있다. 그리고 꼭대기에는 황금빛 자유의 여신상이 있다. 자, 내가 아주 좋아하는 장소로 데려가겠다. 물론 당신도 잘 알고 있는 마레 지구의 보주 광장Place des Vosges에서 시작한다. 이미 여러 번 가봤지만 이곳은 갈 때마다 참으로 황홀하다. 평일 오전에는 한산한 편이다. 아기를 달래는 유모가 나무 그늘 아래에 가만히 서 있는 정도다. 공원 벤치에 걸터앉아 정사각형 하늘을 쳐다본다. 페미나상을 받았을 때 숙박한 곳이 광장에 면한 프티 호텔 '파빌리온 드 라 렌Pavillion de la Reine'이다. 이곳 살롱은 정말로 편안한 느낌이 든다. 비가 오는 날에 파빌리온 드 라 렌에서 낯선 영국인과 체스를 둔 적이 있다. 자그마한 바 카운터가 있어서 직접 칵테일을 만들어 마음껏 마셨다. 마치 보주 광장을 자신의 정원처럼 즐길 수 있는 호텔이다. 마레에서 하룻밤 동안 놀기에 안성맞춤인 곳이다.

광장에는 별이 세 개 붙은 '랑브루아지L'Ambroisie'가 있다. 개성 있고 굉장히 맛있지만 당연히 비싸다. 한편 별은 안 붙었지만 싸고 의외로 맛있는 곳이 프랑 부르주아 거리에 있는 '르 돔 뒤 마레Le Dôme du Marais'이다. 전채인 푸아그라는 표면을 불에 적당히 구워서 향기롭다. 건물 안이 돔 형태이고 오랜 역사가 느껴지는 분위기도 좋다(홀가분하게 갈 수 있지만

파빌리온 드 라 렌(Pavillion de la Reine)
28, place des Vosges 75003 Paris Tel : 01-40-29.19.19 http://www.pavillion-de-la-reine.com

르 돔 뒤 마레(Le Dôme du Marais)
53bis, rue des Francs-Bourgeois 75004 Paris Tel : 01-42.74.54.17

예약이 필요할지도 모른다).

유태인 거리에서 먹는 이집트콩 크로켓이 들어간 팔라펠은 젊은이에게 대인기다. 맛있는 가게를 찾으러 다니기에 최적인 곳이 유태인 거리다. 돈이 별로 없었을 무렵에는 팔라펠만 먹었다. 아니, 지금도 종종 먹는다. 파리에서 맛있는 가게를 찾으러 다니는 건 정말 즐겁다. 프랑스 사람을 본받아 잰걸음으로 이동하면서 파리를 다 먹어치우자.

프랑 부르주아 거리가 유명하지만 비에유 뒤 템플Vieille du Temple 거리를 추천한다. 게이도 많고 당당하게 손을 잡고 다니는 그들의 모습에 슬그머니 웃음이 난다. 예를 들어 펑키한 카페 '레 제타주Les Etages'는 차고 같은 분위기가 나는데 멋지다. '레 제타주'의 가장 꼭대기 층을 추천한다. 창문에서 얼굴을 내밀고 거리를 바라보자. 낮부터 와인을 마시면서 경치를 즐기기에 딱 좋다. 점원들도 다들 명랑하고 자유롭고, 파리 그 자체인 곳이다. 프랑 부르주아와 가까운 곳에 '츠츠TSUTSU'라는 파격적인 부티크가 있다. 입을 때 용기가 필요하지만 매력적인 부티크다. 디자이너는 일본인인데 아마도 겐

츠츠(TSUTSU)
70, rue Vielle du Temple 75003 Paris Tel : 01-42.71.16.02

조 씨 매장에 있었던 것 같다.

좀 더 북쪽으로 올라가 보자. 11구에 있는 오베르캄프 Oberkampf. 예전에는 위험한 거리였다. 하지만 괜찮다, 지금은 멋진 젊은이들이 바글바글하다. 9호선 오베르캄프 역에서 내리면 바로 운하가 있다. 무지개다리가 놓여 있고, 여름날 해 질 무렵에는 그곳에서 맥주를 마신다. 연인끼리라면 가슴이 뭉클해질 것이다. 음, 나는 이미 결혼을 했기 때문에 당신에게 가자고 하지는 않을 것이다. 어쨌든 앞으로 걸어가 보자. 오베르캄프 거리를 천천히 산책하는 것은 정말로 즐겁다. 주말에는 젊은이들로 붐벼서 마치 영화의 한 장면 같다. 오베르캄프 거리에는 예술가와 디자이너, 영화 관련 지망생들이 살고 있다. 이 주변은 치안이 특별히 좋은 편은 아니며 뉴욕으로 말하면 그리니치빌리지 정도가 연상된다. 애수가 묻어나고, 어디선가 쾌활한 라틴음악이 들려온다. 아이들이 양쪽 길가에서 축구를 하고 있다. 물론 자동차 위로 공이 날아다닌다. 그저 걷기만 할 뿐이다. 이곳은 그래야 좋다. 아, 그러고 보니 오베르캄프에도 일본인 디자이너 '미키 미얼리Miki MIALY'의 부티크가 있다. 남성복이 없어서 아쉽지만, 프랑스에서 서서히 인기가 오르고 있다. 손님은 모두 프랑스 사람이다. 카페에서 멋쟁이 파리지앵이 미키 미얼리 이야기를 하는 걸 들은 적이 있다. 변함없이 일본인 디자이너들은 노력하고 있다.

그럼 이번에는 몽마르트르Montmartre로 가보자. 20년 전 파리에 처음 왔을 때, 나는 몽마르트르로 달려갔다. 그리고 화가들에게 빙 둘러싸인 뒤 돈을 뜯기고 말았다. 그런데 최근에 갔더니 그곳 인상이 싹 달라졌다. 영화 〈아멜리에〉의 무대로 사용되었기 때문인 듯하다. 이 영화의 영향으로 부동산 가격이 치솟았다고 한다. 골목길과 계단이 많고 예전 그대로의 파리다운 풍경이 넘쳐난다. 여담이지만 파리의 묘지를 순례하는 비밀 산책로를 걷는 건 어떨까. 몽마르트르 묘지를 비롯해 파리에는 커다란 묘지가 여럿 있고, 그곳에는 수많은 예술가와 작가와 음악가가 잠들어 있다. 이를테면 몽마르트르 묘지에는 스탕달, 하이네, 졸라 같은 대작가가 묻혀 있고, 14구의 몽파르나스 묘지에는 사르트르, 보부아르, 보들레르, 사뮈엘

미키 미얼리(Miki MIALY)
12, rue Froissart 75003 Paris Tel : 01-42.78.91.97 http://www.mikimialy.com/

베케트 등 생제르맹 외곽에서 활동한 시인, 철학자, 희극작가가 잠들어 있다. 최대 규모인 페르 라 셰즈Pere La chaise 묘지에는 에디트 피아프, 쇼팽, 이브 몽탕 등 음악가의 무덤도 있다. 그렇다, 페르 라 셰즈에는 짐 모리슨도 묻혀 있다. 아직까지도 팬들이 매일같이 찾아가 명복을 빈다. 한편 프랑스를 대표하는 세르주 갱스부르의 무덤은 몽파르나스에 있다. 파리라는 도시의 신기한 단면도 엿볼 수 있다. 이곳에는 프랑스 사람만 잠들어 있는 게 아니다. 전 세계 예술가가 드넓은 묘지에 평화롭게 잠들어 있다.

몽파르나스까지 왔으니 발길을 조금 옮겨 6구로 들어가 보자. 오데옹 역에서 센 강 쪽으로 걸어가면 나오는 게네고Guénégaud 거리 주변에는 조그마한 화랑이 몇 군데 있는데, 꽤나 흥미롭다. 모퉁이에 있는 미대생이 모이는 카페, '라 팔레트La Palette'에서 잠시 쉬었다 가자. 이 주변은 걸으면 걸을수록 새록새록 발견하는 게 있다. 생제르맹 데 프레 교회 주변은 외국인 천지이니 그곳은 그대로 지나가고, 좀 더 골목 안쪽을 걷는 편이 좋을 듯하다. 딱히 추천하는 레스토랑이나 뭔가가 있지는 않다. 6구는 가뿐히 넘어가 7구로 들어가면 별이 세 개 붙은 '아르페주Arpège'라는 레스토랑이 있다. 확실히 맛있고 감동적이지만 순무 하나가 전채로 나오고 그게 자그마치 60유로라고 해서 조금 놀랐다. 먹을 가치는 충분히 있지만 비싸서 다소 고민스럽다. 그 근처에 있는 '르 프티 로랑Le Petit Laurent'은 아르페주에 비하면 값이 싸서 선뜻 들어갈 수 있다. 음, 맛있고 양도 적당하다. 하지만 오늘은 날씨도 좋고, 어떤가, 샌드위치라도 사들고 공원 벤치에서 바람을 맞으며 사이좋게 먹는 건? 아무래도 뤽상부르 공원이 좋겠다. 이곳은 넓고 안정감이 든다. 그렇다면 그렉 샌드위치를 사가자. 처음 들어보았는가? 그렉 샌드위치는 그리스풍 샌드위치다. 생 미셸 역 뒷골목 등에 그렉 샌드위치 전문점이 쭉 늘어서 있다. 얇게 썬 육즙이 가득한 양고기를 끼운 피타pita(지중해, 중동 지방의 납작한 빵—옮긴이)풍 빵에 튀긴 감자를 잔뜩 얹는다. 마요네즈와 매운 소스를 쳐서 덥석 베어 물면 맛있다. 아앗? 아까 팔라펠을 먹었으니까 좀 더 근사한 음식이 좋겠다고? 구두쇠라고? 아니, 그게 아니라, 비싸다고 좋은 게 아니라 맛있어야 한다고? 그럼 데려가 보라고? 아아, 음, 알았다.

그렇다면 오늘 밤에는 큰 화제가 되고 있는 레 장바사되르

르 프티 로랑(Le Petit Laurent)
38, rue de Varenne 75007 Paris Tel : 01-45.48.79.64

Les Ambassadeurs에 데려가겠다. 장 프랑수아 피에주라는 셰프의 새로운 프렌치 요리는 항간에 대인기다. 머지않아 별 세 개짜리 레스토랑이 될 거라는 소문이 있는데……. 그곳이 좋은가? 그렇군, 그럼 나중에 예약해두겠다.

이런 이런, 산책을 계속해보자. 레스토랑은 보통 저녁 8시 정도부터 활기를 띠니까 조금 더 걸을 수 있다. 모처럼 왔으니 가장 파리다운 센 강 주변을 걸어보자. 여름에는 모래가 대량으로 운반되고, 바캉스 철이면 이 주변은 '파리 플라주 Paris Plage', 마치 바닷가처럼 변모한다. 평소에는 차가 씽씽 오가는 도로를 바캉스 철에는 시민에게 개방한다. 과연 관광도시답다. 분위기에 휩쓸려 최근에는 센 강 옆에 수영장까지 만들어놓았다. 특별한 뭔가가 있지는 않지만 여름에 해 질 무렵부터 식사 때까지 여유롭게 시간을 보내기에 딱 좋다. 시테 섬과 생 루이 섬을 바라보며 파리의 바람을 느끼는 건 참으로 멋지다. 엉겁결에 시 한 편이라도 튀어나올 것 같다. 아니, 그러니까 말이다, 나는 처자식을 거느리고 있기 때문에 당신을 유혹하지는 않는다니까!

비장의 비밀 장소가 있다. 가자. 퐁뇌프 다리를 건너 시테 섬으로 들어가자. 정확히 건물과 건물 사이에 정말로 자그마한 공원이 있다. 도핀Dauphine 광장이다. 삼각형 모양의 광장에는 호리호리한 마로니에 나무가 자라고 있다. 가을이 되면 곱게 물든 낙엽이 융단처럼 쫙 깔린다. 비스트로가 두 곳 정도 있는데 예전에 작가 이브 시몽이 둘 중 한 곳에서 오리 콩피confit(지방에 절인 고기—옮긴이)를 한턱내서 실컷 먹은 적이 있다. 어디서 먹어도 그다지 차이가 없는 서민적인 요리지만 장소가 달라지면 더욱 맛있게 느껴진다. 낙엽을 보면서 먹는 건 확실히 낭만적이다. 도핀 광장에서 기념 촬영을 하고 나서 '레 장바사되르'에 가자.

눈 깜짝할 사이지만 비밀스러운 파리 안내는 이것으로 끝이다. 전혀 비밀스럽지는 않았지만 말이다. 하지만 가이드북에 실린 곳이라도 걷는 사람에 따라, 속도에 따라 느끼는 바가 다르다. 그리고 가이드북에 실리지 않은 곳을 찾는 게 가장 큰 묘미다. 자기 나름의 가이드북을 꾸밀 생각으로 걸어가 보자. 파리는 좁지만 신기하게도 아직 발견되지 않은 비밀장소가 많이 있다. 멋진 여행이 되길 바란다. 즐거운 여행Bon Voyage!

그런데 오늘 밤에는 프랑스식으로 각자 계산하자. 응? 그게 말이지, 당신은 나의 애인이 아니지 않은가. 유쾌하고 사이좋게 반반씩. 남녀가 평등한 파리니까 당연히…….

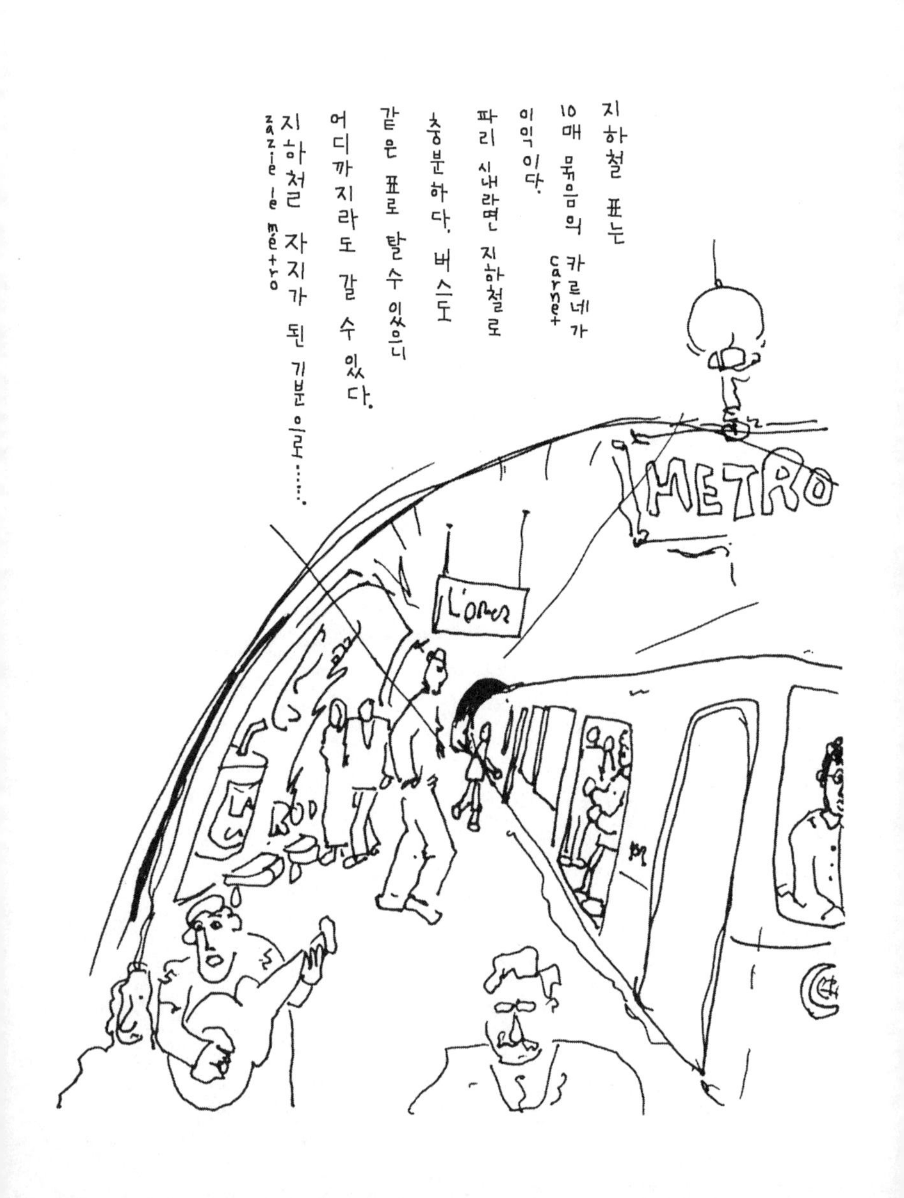
지하철 표는
10매 묶음의 카르네가
carnet
이익이다.
파리 시내라면 지하철로
충분하다. 버스도
같은 표로 탈 수 있으니
어디까지라도 갈 수 있다.
지하철 자지가 된 기분으로……
zazie le métro
METRO
L'opera

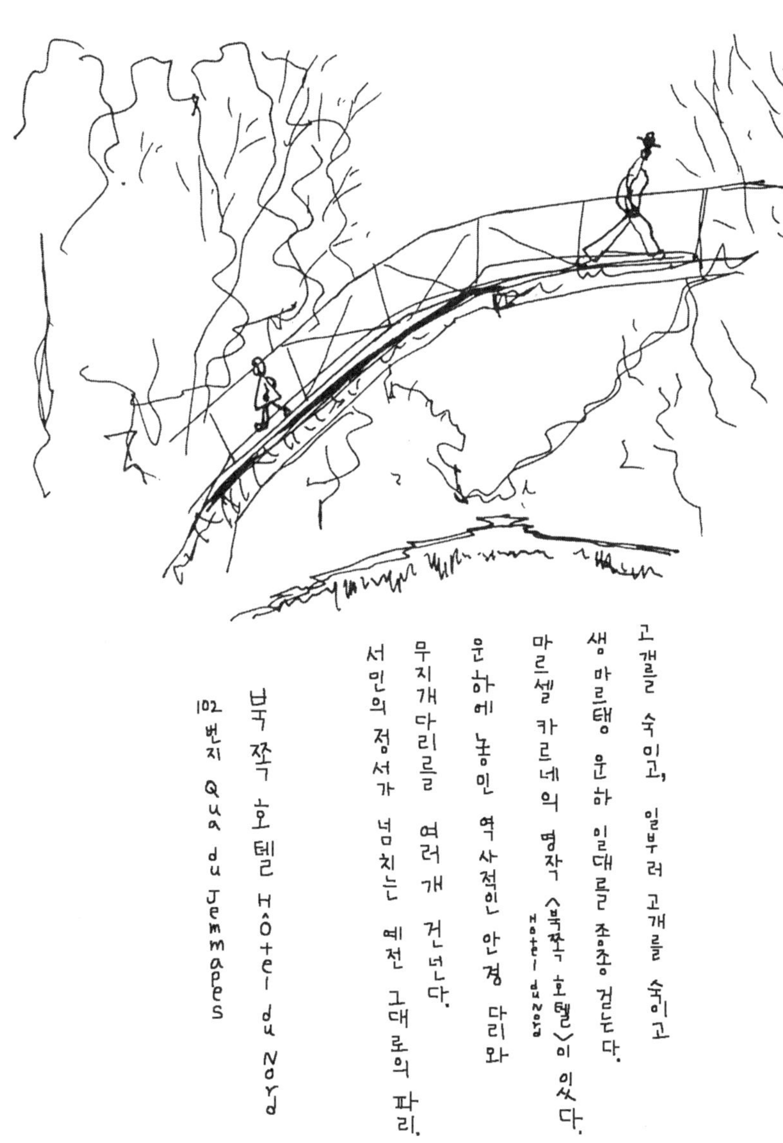
고개를 숙이고, 일부러 고개를 숙이고
생 마르탱 운하 일대를 종종 걷는다.
마르셀 카르네의 명작 〈북쪽 호텔〉(Hôtel du Nord)이 있다.
운하에 놓인 역사적인 안경 다리와
무지개다리를 여러 개 건넌다.
서민의 정서가 넘치는 예전 그대로의 파리.
북쪽 호텔 Hôtel du Nord
102번지 Qua du Jemmapes

Pause-Café

프랑스물이 든 이의 혼잣말

파리에서 살아가면서 진정한 의미에서 이 나라의 좋은 점, 파리의 근사함을 실감했다. 사람에 따라서는 프랑스 사람의 험담을 하는 이도 있다. 하지만 그것은 분명 프랑스에 입문하는 방법에 문제가 있었기 때문이 아닐까 한다. 일본도 어떻게 발을 들여놓느냐에 따라서는 굉장히 냉정한 나라로 비쳐진다. 하지만 사실은 상당히 인정이 있는 나라다.

마찬가지로 프랑스 사람은 본질적으로 아주 다정하다. 이 나라에서 산 지 2년이 지났는데 불쾌한 느낌이 든 적은 거의 없고, 차별을 받은 적도 없고, 모두 놀라울 정도로 친절했다. 그것이 우선 최초의 놀라움이다. 어째서 이 사람들은 이렇게 다정할까, 신기했다. 프랑스인이 쌀쌀맞다고 하는 사람들은 왜 그렇게 생각하는지, 나로서는 도저히 짐작이 가지 않는다.

더구나 프랑스 사람은 타인에게 쓸데없는 간섭은 거의 하지 않는다. 간섭을 하는 사회는 어린이형 사회일 것이다. 프랑스에는 성숙한 어른들이 많다는 것도 하나의 특징이다. 일본에는 오래전부터 프랑스 사람 중에는 괴짜가 많다는 인식이 있지만, 내가 워낙 별난 탓인지 전혀 거슬리지 않는다. 그렇기는커녕 굉장히 인간적으로 보인다. 할 말은 확실히 하고 시원시원하고, 무엇보다도 모두 다른 얼굴을 지니고, 다른 발언을 하고, 따라하지 않고, 자신이 세상의 중심이라고 생각하고 또 그래서인지 타인을 존중한다. 다소 예의가 없는 사람도 있지만 그 정도는 애교다. 끈적끈적하지 않은, 산뜻한 다정함이 넘쳐흐른다.

세계 곳곳에서 온 이민자가 모여 있기 때문인지 인종 차이에 대해서도 너그러운 편이라고 생각한다. 귀족계급의 여파가 남아 상류사회는 여전히 존재한다. 아프리카에서 온 사람들과는 거주지역이 확실하게 구분되어 있지만, 그렇다고 해서 뒷맛이 씁쓸하지는 않다. 내가 아는 한 프랑스 남성은 굉장한 좌파(프랑스는 반쯤 사회주의국가 같은 면이 있다)로, 귀족을 비판하면서 전쟁에 내모는 아프리카 사람들을 냉정하다고 비난하는데, 이런 말을 서슴없이 할 수 있는 것도 건강한 사회의 증거라고 생각한다.

좋아서 부랑자를 하는 것이니 안심하라고 말하는 사람도 많고, 귀족부터 부랑자까지 다들 자존심이 강하다는 점 또한 재미있다. 세계 곳곳을 여행했지만 이렇게 노숙을 하는 사람이 당당한 나라도 드물다. 천주교 정신이 뿌리 깊은 탓일까, 그들에게 동전을 건네는 사람이 많은데, 그 돈으로 그들은 마트에서 물건을 산다.

프랑스 사람은 괴팍하다는 외국인의 의견도 종종 듣고, 확실히 연줄이 강한 사회이기도 하다. 시간관념이 희박하고, 이를테면 크로노포스트Chronopost의 국제우편배달부는 이제껏 한 번도 우리 집 벨을 누른 적이 없다. 하지만 그렇게 제멋대로인 부분을 빼면 프랑스 사람들의 인간미가 훨씬 돋보인다. 우편물을 건물 아래까지 들고 왔으면서 벨도 누르지 않고 부재 통지를 우편함에 넣고 돌아간다. 도저히 믿을 수 없는 근무 태만이지만 프랑스니까 어쩔 수 없다고 우리 집에서는 받아들이고 있다. 음, 이런 부분만 빼면 다른 건 전혀 문제가 없는 나라인데…….

이전에도 썼지만 무엇보다 공감할 수 있는 점은 예술이 넘쳐난다는 사실보다 바로 곁에 있다는 부분이다. 일상과 가까운 곳에 역사와 예술과 미술이 여기저기 널려 있다. 미술관도 엎어지면 코 닿을 곳에 있고, 그곳에 예술품과 미술품이 전시되어 있다. 그만큼 쉽게 도난당하기도 하지만, 역사적인 미술품을 개방해서 전시하고 있다. 권위있는 호위이기 때문이다. 그 사실이 놀랍기도 하고, 일본이 쉽사리 흉내 낼 수 있는 일은 아니라고 생각한다.

전 세계 예술가와 표현주의자들이 이곳을 지향하는 이유도 이해가 간다. 앞서 말했지만 예술품이 당연한 듯 너무 많아서 독창적인 표현주의자가 나오기 어려운 건 아닐까, 하고 느낄 때도 있다. 파리는 몹시 개방적인 곳이라 반대로 창작에는 적합하지 않은 장소가 되어가고 있는 걸까? 1960년대까지는 달랐을 것이다. 하지만 미국 문화가 프랑스의 방식을 훔쳐서 거대화된 제2차세계대전 후로, 특히 파리는 임무를 마친 촬영장처럼 되어버린 감이 있다. 하지만 거기서 끝나지 않는 게 또 프랑스의 저력이다.

최근 파리의 예술은 중심지보다는 19구와 20구의 빈곤한 지역에서 생겨나고 있고, 교외의 바뇰레 지구와 몽트뢰유 지구에는 새로운 사람들의 아틀리에가 여기저기 흩어져 존재한다. 관광지는 관광지로서 외화를 벌어들이기 위한 지역으로 구별되고, 새로운 사람들은 교외로 이동하고 있다.

최근에는 누보 시르크라고 하는 새로운 서커스(동물은 나오지 않는다. 거리 공연이나 연극을 섞은 새로운 시도의 서커스이다)가 라 비에르 지구에서 날마다 상연되어 인기를 얻고 있고, 나는 그곳을 무대로 삼은 작품에 착수했다. 바뇰레 지구에 작업실이 있는 뮤지션 친구들과 세션 형식으로 공동작업도 시작했다. 그들에게는 서로 국경이 없는데 근처에 브라질계 아티스트도 살고 있어서 자꾸자꾸 새로운 음악이 탄생한다. 미국의 거대 문화산업적 분위기는 뤼크 베송이 소유한 공연장 유로파 코퍼레이션 정도에서만 느껴지는데, 미국과 반대로 프랑스에서는 인간 중시의 유쾌한 운동이 대중적으로 일어나고 있어서 흥미롭다. 파리의 문화계 속에 견고하게 뿌리를 내리고 사람들과 교류를 계속하다 보면 또 다른 파리가 보인다. 앞으로 몇 년이 지난 뒤에는 틀림없이 이 책을 다시 쓰거나 상급편을 내놓아야 할 것이다.

많은 일본인이 파리를 방문한다. 하지만 지극히 짧은 체류 기간 동안 파리의 본질을 꿰뚫어보기란 어렵다. 파리의 재미를 좀 더 잘 전달하고 싶은 마음이 든다. 그러기 위해서라도 나는 더욱더 파리의 심연 속에 빠져들 생각이다. 클리냥쿠르 Clignancourt(프랑스의 3대 벼룩시장 가운데 하나—옮긴이)에 가득한 골동품 사이를 바삐 돌아다니고, 때로는 매일 밤 소동이 되풀이되는 바스티유 로케트 거리부터 렉스 클럽의 테크노 나이트에 이르기까지, 파리의 구석구석을 하나하나 알아가고 있다. 프랑스라든가 일본이라든가 하는 울타리는 걷어치우고, 풍부하고 자극적인 인간 대 인간의 교류를 통해서 말이다.

이 땅에서 영화도 찍고 싶고 밴드도 결성하고 싶고 언젠가 소설도 프랑스어로 쓰고 싶다. 미래의 이야기지만 생각하고 있으면 분명 뭔가는 실현될 것이다.

서로 자극함으로써 재미난 교류도 탄생한다. 아직 언어 문제가 있어서 전부 전달할 수는 없다. 하지만 그들은 나의 느려터진 말을 이해해주려고 한다. 분명 언젠가 새로운 뭔가를 발견할 수 있으리라. 프랑스어가 진절머리 나면서도 프랑스어에 격려를 받는 느낌이 든다.

레오나르도 후지타의 그림에 격려를 받고, 파리로 흘러들어

온 전 세계 표현주의자의 목소리에 의지하고 있다. 나에게 파리는 간신히 도착한 거리가 아니라 출발의 땅이다. 살아 있는 한 인생을 탐욕스럽게 음미하고 싶다.

그것은 모든 사람에게 허용된 것이라고 여기 사람들에게 배웠다.

샹젤리제를 딱히 좋아하는 건 아니지만, 오가는 사람들을 보고 있으면 그곳의 엄청난 에너지에 압도된다. 그리고 전 세계 사람들을 유혹해 마지않는 거리의 매력에 대해 생각하게 된다. 그것은 인권선언을 생각해낸 이 나라의 사상, 말하자면 자유 덕분이지 않을까. 자유라는 말은 오해하기 쉬운 말이고 도피처가 되기 쉬운 말이다. 하지만 프랑스 사람은 자신의 인생을 자유에 투영해, 자유를 마음껏 즐기며 살아가고 있다. 나는 이 책 안에 파리를 묘사하면서도 사실은 프랑스 사람을, 파리에서 살아가는 사람들에 대해 써왔던 것 같다. 그런 의미에서 이 책은 가이드북이 아니라 라이브 북이다. 파리 라이브 북.

파리가 전 세계 사람들을 매료시키는 가장 커다란 이유는 자유에 대한 그들의 풍부한 사고방식 덕분이다. 나흘 이내의

휴가는 바캉스라고 부르지 않는다고 거침없이 말하는 그들의 자기중심적인 인생에 나도 모르게 웃음이 났다. 평생 회사를 위해 살아가든 국가를 위해 살아가든 자신만을 위해 살아가든 모두 다 같은 일생이다. 파리 사람들은 누가 뭐라 하든 자신만을 위해 살아가는 사람은 아니다. 나는 그들의 인간 찬가에 귀를 기울이면서, 마음껏 자기주장을 하며 살아가는 그들의 눈부신 모습을 어느덧 사랑하게 되었다. 부끄러워할 필요가 뭐가 있나. 마음 내키는 대로 살아가는 것에 도대체 무슨 반성이 필요한가. 길모퉁이에서 거리낌 없이 입술을 포개는 파리지앵의 모습에 나 역시 웃음을 머금고 자연스럽게 그곳을 지나갈 뿐이다.

아무리 프랑스를 좋아해도 나는 일본인. 레오나르도 후지타처럼 귀화할 생각은 아직까진 없다. 멀리 파리에서 일본을 생각한다. 두 나라를 비교하면서 그 사이에 떠 있는 나를 생각한다. 모든 것에서 대조적인 두 나라를 왔다 갔다 하면서 21세기를 위한 창조적인 힌트를 발견하기 바란다.

음, 다소 복잡한 일은 제쳐두고 대낮부터 와인을 먹을 수 있는 이 나라가 체질에 맞다.

그럼 파리에서 또 만나자. 즐거운 인생을, 한 번밖에 없는 인생을 마음껏 즐기자. 만약 삶에 지쳤다면 파리에 놀러 오기 바란다. 분명 어깨의 짐을 내려놓고 새로운 자신을 발견할 수 있을 것이다.

차오!

본문 : <25ans> 2004년 1월호 ~ 12월호
칼럼 : Pause-Café 2004년

옮긴이의 말

"오 샹젤리제~ 오 샹젤리제~."

파리 하면 가장 먼저 떠오르는 샹송곡인데 여러분은 어떤가요? 에펠탑, 개선문, 노트르담 대성당, 루브르 박물관, 센 강, 퐁네프의 연인들……. 꼬마 때는 파리 하면 자꾸 날아다니는 파리가 연상되어 고개를 도리도리했던 기억이 납니다.

자유, 젊음, 열정, 예술의 도시 파리에서 지천명의 나이지만 늘 아이처럼 살고 싶다는 츠지 히토나리, 불혹을 넘겼는데도 여전히 아름다운 〈러브 레터〉의 주인공 나카야마 미호, 그리고 두 사람의 '모든 것(all that)', 눈에 넣어도 아프지 않을 아들, 이렇게 셋이 오순도순 살고 있을 겁니다. 그들은 왜 파리에 갔을까요? 그들은 왜 파리에서 사는 것일까요?

근사한 제목의 『언젠가 함께 파리에 가자』는 작가이자 뮤지션이자 영화감독인 츠지 히토나리가 쓴 수필이자 파리 라이브 북입니다. 작가 스스로 "나는 이 책 안에 파리를 묘사하면서도 사실은 프랑스 사람을, 파리에서 살아가는 사람들에 대해 써왔던 것 같다. 그런 의미에서 이 책은 가이드북이 아니라 라이브 북이다. 파리 라이브 북."이라고 밝혔죠.

그렇습니다. 이 책에는 츠지 히토나리가 파리에서 살면서 느꼈던 사람 향기 나는 소소한 이야기들이 담겨 있습니다. 새롭거나 재밌거나, 놀랍거나 감동적인 것은 아니지만 무척이나 유용하고 흡족합니다. 지금까지 일본에서 츠지 히토나리는 소설을 오십여 권, 수필집을 여덟 권, 시집도 여덟 권이나 냈습니다. 『언젠가 함께 파리에 가자』는 2005년에 발표한 그의 여덟 번째 수필집으로, 한국에서 그의 수필집이 나오는 것은 이번이 처음입니다. 그의 소설 속 문장에 익숙한 이에게는 조금 낯설게 느껴질지도 모르겠습니다.

츠지 히토나리는 에너지가 넘치는 사람입니다. 열정이 가득한 사람입니다. 진지한 사람입니다. 하지만 매우 천진난만한 사람이기도 합니다. 그와 친분이라도 있냐고요? 없습니다.

가까이서 얼굴 한번 본 적 없습니다.

츠지 히토나리의 공식 홈페이지(www.j-tsuji-h.com)에 들어가 쭉 훔쳐본 결과 그는 그런 사람 같다고 느꼈던 것뿐입니다. 아, 그런데 츠지 히토나리는 눈코 뜰 새 없이 바쁜 사람이더군요. 세계 각국을 꿀벌처럼 부지런히 날아다닙니다. 작년에 우리나라에서 열린 북 페어, 올해 개최된 영화제, 록페스티벌에도 참가했답니다. 프랑스와 일본이 합작한 영화 〈Paris Tokyo Paysage〉의 촬영을 올 9월에 각각 파리와 도쿄에서 마쳤고 편집을 거쳐 2011년 1월에 여러 영화제에 출품, 가을쯤에는 대중에게도 공개할 예정이라고 합니다. 그가 보컬로 활약하는 록밴드 'ZAMZA'는 2010년 10월부터 미국 투어를, 12월에는 일본 공연을 할 예정이고, 프랑스에서도 틈만 나면 무대에 오른다고 합니다. 일본에선 어느 대학 주최로 일 년에 네 차례 '인간 교실'이라는 강연회가 열리는데 화두는 '인간이란 무엇인가?'이며 당연히 츠지 히토나리가 강의를 맡습니다. 또 그는 프랑스에서 가족과 함께 지내며 집필 활동에 몰두하고 있습니다. 잡지에 틈틈이 수필을 기고하고 얼마 전에는 2년 만에 장편 소설 『클로에와 엔조』를 발표했는데 '소설을 좋아하는 독자를 위한 소설'이라고 작가가 직접 밝혔습니다. 인터넷으로 주문한 『클로에와 엔조』는 다음 주면 제 품으로 옵니다. 몹시 기다려지네요.

『언젠가 함께 파리에 가자』에는 츠지 히토나리의 생각과 생활이 고스란히 담겨 있습니다. 여행자가 아닌 거주자가 바라본 파리. 작가 츠지 히토나리와 한 걸음 더 가까워진 느낌입니다. 이 책에 잠깐 등장하는 파리에서 태어난 그의 아들은 올해 프랑스의 한 초등학교에 입학했습니다. 더할 나위 없이 훌륭한 아버지, 자상한 남편이겠지만 아들과 아내 곁에서, 좀 더 많은 시간을, 사랑스러운 도시 파리에서 함께 보내길, 영원히 그들이 행복하길 진심으로 기원합니다.

저도 꼭 한번 파리에 가보고 싶군요. '꿈☆은 이루어진다'.

2010년 귀뚜라미 우는 가을밤에 안소현